Tilmann Noller

FEUERWERK DES GLÜCKS

Wie du mit der Logik der Liebe deinen inneren Kompass findest

OPAL VERLAG

OPAL Verlag

1. Auflage 2024

https://gluecksphysiker.de
mail@gluecksphysiker.de

Lektorat: Susanne Klein
Umschlaggestaltung: Z E R O WERBEAGENTUR
Satz: Dawn Black

ISBN: 978-3-00-080008-5

Dieses Buch ist auch als E-Book erhältlich.

Für Stella, unseren Sohn Eric, meine Eltern und
alle Menschen, die mir meinem Weg gewiesen und
mich auf diesem begleitet haben.

„Es gibt zwei Arten, sein Leben zu leben: entweder so, als wäre nichts ein Wunder, oder so, als wäre alles ein Wunder."
Albert Einstein

„... Und jedem Anfang wohnt ein Zauber inne,
Der uns beschützt und der uns hilft, zu leben ...
Des Lebens Ruf an uns wird niemals enden ...
Wohlan denn, Herz, nimm Abschied und gesunde!"
Auszug aus „Stufen" von Hermann Hesse

INHALT

Prolog 7
Einleitung: Auf der Welle des Glücks 8

Glück braucht Liebe 18

Liebe ist Blühen 20
Sich verlieben und lieben 23
Selbstliebe und Liebesfähigkeit 33

Das Selbst - die Quelle des Glücks 62

Wesen des Selbst 65
Gefühlswelt des Selbst 70
Begabungen des Selbst 77
Das Selbst als unsere Glücksquelle 78

Warum die Quelle des Glücks versiegt 84

Unser Lebensraum im Kindesalter 85
Verletzungen des Selbst und ihre Auswirkungen 86
Wie Hass entsteht 91
Liebender und Egomane 115
Zen-Meister und Samurai – eine Begegnung 125
Das Buddha-Paradoxon 128
Die unermessliche Vielfalt des Menschen 129
Die Ursachen für unsere Beziehungsprobleme 139

Kompass zum Glück 156

Weiblicher und männlicher Pol (Yin und Yang) 158
Unsere Zweifel und andere Phänomene des Gespalten-Seins 162
Auf der Suche nach dem Glück und dem Eins-Sein 170
Sinnfragen des Lebens 175
Wege zum Glück 179

Epilog: Ein neuer Tag 185
Dank 187

PROLOG

„Feuerwerk des Glücks" ist das Heils- und Glückversprechen, das uns die Liebe schenkt. Das Versprechen im Seinszustand eines Glücksgefühls mit Freude durchs Leben zu tanzen. Ein Versprechen, das sich einlöst, wenn wir in unserer allumfassenden Eigenliebe ankommen und damit eins mit uns selbst und der Welt sind.
Der Weg dorthin ist individuell verschieden. Deswegen gibt es auch keine klare und eindeutige Wegbeschreibung. Es gibt aber Wegweiser und die Logik der Liebe, die uns als innerer Kompass dient. Um ihn richtig gebrauchen zu können, gilt es, die paradoxe Natur (Logik) der Liebe mit unserem Herzen und unserem Verstand zu ergründen und zu verstehen.
„Feuerwerk des Glücks" ist ein Vater-Sohn-Gespräch über die „Logik der Liebe" und damit eine Bedienungsanleitung für unseren inneren Kompass.

EINLEITUNG: AUF DER WELLE DES GLÜCKS

Heute ist mein 21. Geburtstag. Die auslaufende Welle trägt mich auf meinem Surfbrett sanft und sicher dem Strand entgegen. Noch bin ich davon euphorisiert, gerade eine acht Meter hohe Welle gesurft zu sein. Es ist ein unglaublich tolles Gefühl, wenn sich die Welle über einem bricht und man auf dem Brett stehend den Wellenhang hinab durch einen Tunnel aus Wasser schießt. Rechter Hand ist durch die anrollenden Wassermassen die Urgewalt des Meeres spürbar. Linker Hand erstrahlt das durch den über mir tosenden Wasservorhang gebrochene Sonnenlicht in tausend Facetten und Farben. Ergriffen von dem, was ich gerade erlebt habe, steigt Jubel in mir auf: Das war die schönste Welle, die ich je gesurft bin!
Kurz vor dem Ufer springe ich vom Brett, nehme es mit einer Hand aus dem Wasser und laufe mit der Welle durch das knöcheltiefe Wasser den Strand hinauf. Die in der Sonne funkelnden weißen Sandkristalle strahlen mir wie der Glitzerschein von Millionen Diamanten entgegen. Ich spüre eine tiefe innere Ruhe, die pures Glück in mir versprüht. Die letzten Meter bis zum Auto lege ich tanzend, singend und vor mich hin lachend zurück. Der Anblick der kleinen Gruppe von Kokospalmen unweit des Parkplatzes löst in mir ein Feuerwerk des Glücks aus. Erst letzte Nacht habe ich dort mit Stella auf meinen Geburtstag angestoßen. Zusammen haben wir die Stille und das Schauspiel des Sonnenuntergangs genossen und dann im Schein eines Lagerfeuers gepicknickt. Stella wollte alles bis ins letzte Detail über das Wellenreiten wissen: Wie man die richtige Welle erkennt und sie optimal anfährt, wie der Aufstieg auf das Brett am besten zu bewerkstelligen ist und was man während des Surfens alles fühlt und denkt. Dabei ist mir eigentlich erst klar geworden, dass ich während des Wellenreitens an nichts denke, sondern in absoluter Achtsamkeit und Konzentration versuche, die Welle unter mir zu spüren. Nur so gelingt es mir, das Board richtig zu steuern. Angst,

den größten Feind des Surfers, habe ich dabei nie verspürt. Vielmehr verschmelze ich während des Surfens zu einer Einheit mit meinem Surfbrett. Interessanterweise hat Stella beim E-Gitarrenspielen auch das Gefühl, mit dem Instrument eins zu sein. Die Erinnerung an den gestrigen Abend zaubert mir ein Lächeln ins Gesicht, und ich beginne, Stella zu vermissen.

Ich mag ihre Frohnatur, ihr Lachen, ihre intensiven Blicke, unsere tiefschürfenden Gespräche über alles, was uns in den Sinn kommt, unsere intimen Augenblicke, ihre erotische Ausstrahlung, kurzum einfach alles. Seit zwei Jahren sind wir nun ein Paar, und je besser wir uns kennenlernen, umso mehr wächst unsere Liebe füreinander. Ich schätze mich glücklich, tolle Freunde und wunderbare Eltern zu haben und darüber hinaus oft zum Wellenreiten an den Strand kommen zu können. Eigentlich bin ich ein Glückspilz, kommt es mir in den Sinn, und im gleichen Augenblick streift mich für einen kurzen Moment die Furcht, dass das Glück mich verlassen könnte.

Täglich wird in Fernsehen und Zeitungen von menschlichem Leid, Verbrechen, Kriegen und der Ungerechtigkeit in der Welt berichtet. Naturkatastrophen lassen sich ja vielleicht nicht vermeiden, aber warum tut der Mensch anderen Menschen so viel Leid an? Warum verletzen sie sich gegenseitig, führen gegeneinander Krieg und bringen einander um? Und selbst Menschen, die einander ewige Liebe geschworen haben, beginnen manchmal, einander zu hassen und zu bekämpfen. Wenn ich ab und zu die Gesichter fremder Menschen studiere, strahlen nicht viele Glück und Zufriedenheit aus. Viele wirken eher ausdruckslos, ihre Augen und Blicke sind leer. Und das, obwohl wir in einem reichen Land leben, in dem Frieden herrscht, niemand Hunger leiden muss und jedem prinzipiell alle Wege offenstehen. Ich frage mich ernsthaft, warum nicht alle Menschen einfach glücklich sein können. Glücklich zu sein ist doch so einfach und so schön.

In diese Gedanken versunken lade ich mein Surfbrett in den Kofferraum des Wagens, setze mich an das Steuer und fahre los. Das Unglück dieser Welt macht mich zwar nicht melancholisch, aber in einer Weise doch mitfühlend betroffen. Ich verstehe weder, warum so viele Menschen unglücklich sind, noch warum sie einander alltäglich Leid und damit Unglück zufügen. Es macht in meinen Augen einfach keinen Sinn.

Zu Hause angekommen nehme ich schwungvoll mit einem Schritt die drei Stufen am Eingang. Ich öffne die Haustüre und betrete die Küche, in der mich mein Dad mit einem freudestrahlenden „Happy Birthday" erwartet und mich herzlich in seine Arme schließt.

„Na schön gefeiert bzw. feiern lassen?", fragt er und grinst mich spitzbübisch an, was ich ihm mit einem schelmischen „Keinerlei Beanstandungen! War alles vom Allerfeinsten" quittiere.

Mein Blick fällt auf ein ca. zwei Meter langes und 50 Zentimeter breites Paket, das in grünes Papier eingeschlagen ist und fast die gesamte Fläche des Küchentisches ausfüllt. Mein Vater, dem meine Blicke nicht verborgen bleiben, fordert mich mit einem schlichten „Für dich" auf, mich des Geschenks anzunehmen. Behutsam löse ich das Papier und öffne den darunter zum Vorschein kommenden Pappkarton.

„Wow, der Hammer", entfährt es mir, „das beste Surfbrett aller Zeiten! Welch elegante Form es hat. Es ist wunderschön." Ich nehme es aus dem Karton und tanze mit ihm um den Küchentisch. „Genau das habe ich mir immer gewünscht. Herzlichen Dank!" Ich gebe meinem Vater einen dicken Kuss auf die Wange, und abermals steigt ein intensives Glücksgefühl in mir auf, das ein breites Grinsen in mein Gesicht zaubert.

„Wo ist eigentlich Mum? Dafür hat sie sich auch ein paar Küsschen verdient", sage ich lachend.

„Worüber sie sich sicherlich auch gebührend freuen wird. Leider ist gestern Abend ihr Rückflug ausgefallen. Sie ist nun auf einen Flug heute Abend gebucht und wird dann erst in den frühen Morgen-

stunden zu Hause sein. Ich soll dir ‚alles Gute' ausrichten, und sie freut sich, morgen mit dir zu feiern."
„Du, sag mal, Paps, warum fügen sich die Menschen in unserer Welt gegenseitig so viel Leid zu?", schießt es plötzlich aus mir heraus, ohne dass ich überhaupt beabsichtigt hatte, diese Frage zu stellen.
„Das ist durchaus eine sehr berechtigte Frage. Darf ich fragen, warum sie dir gerade jetzt in den Sinn kommt?", fragt Dad.
Ich beginne, ihm von meinen Gedanken am Strand zu erzählen.
„Um das Leid der Welt zu verstehen, muss man die Liebe verstehen", antwortet Dad mit nüchterner Stimme.
„Was hat die Liebe zwischen mir und Stella bitte mit dem Leid der Welt zu tun?", hake ich forsch nach.
„Alles und zugleich nichts", kontert Dad und grinst mich dabei herausfordernd an.
„Paps, willst du mich veräppeln?", entgegne ich und vermute einen seiner üblichen Scherze. Gleichzeitig spüre ich den ernsten Blick, mit dem er mir in die Augen sieht.
„Nein, dazu ist die Frage zu bedeutend. ‚Alles und zugleich nichts' ist eine ehrliche Antwort, die aber zugegebenermaßen einer Erklärung bedarf", erläutert Dad.
„Die da wäre?"
„Das ist leider nicht mit ein paar Sätzen erklärt. Aber ich könnte mir ein paar Stunden Zeit nehmen, um dir den Zusammenhang zwischen Liebe und Leid zu vermitteln", bietet Dad an.
Eigentlich brenne ich darauf, wieder an den Strand zu fahren, um das neue Surfbrett auszuprobieren. Andererseits hat mich Paps ungeheuer neugierig darauf gemacht, zu verstehen, was das Leid der Welt mit der Liebe zwischen mir und Stella zu tun hat. Ist unsere Liebe doch pures Glück! Liebe kann man spüren. Sie verstehen zu wollen, ist mir bis jetzt noch nicht in den Sinn gekommen. Aber wenn Paps so etwas sagt, hat er seine Gründe dafür. Neugierig geworden, willige ich ein.

„Stellst du zwei Sonnenliegen auf der Terrasse auf, dann besorge ich uns in der Zwischenzeit etwas zu trinken?“, schlägt Dad vor.
„Einverstanden“, entgegne ich.
Ich stelle zwei Liegen mit in Sitzposition gestellten Rückenlehnen aneinander, sodass wir uns mit ausgestreckten Beinen gegenübersitzen können. Während ich auf Paps warte, genieße ich den Ausblick die Hügel hinunter auf die Weiten des Ozeans. Sein Blau verschmilzt am Horizont beinahe nahtlos mit dem wolkenlosen Himmel. Den Blick in die Ferne gerichtet denke ich an die gestrigen schönen Stunden mit Stella, als sich mein Vater mir gegenüber niederlässt.
„Wo ist eigentlich Stella? Ich hatte erwartet, dass ihr den Tag zusammen verbringt.“
„Das hatten wir eigentlich auch vor, aber ihre Großmutter ist gestern Abend gestürzt und ohnmächtig geworden. Sie musste ins Krankenhaus eingeliefert werden. Bis jetzt wissen die Ärzte nicht, was ihr fehlt. Stella ist heute früh um fünf Uhr mit ihrer Mutter zusammen losgefahren, um gegen neun Uhr bei ihrer Großmutter im Krankenhaus sein zu können.
„Kennst du ihre Großmutter?“, fragt Dad nach.
„Ich habe sie nur zweimal kurz gesehen, als sie bei Stella zu Besuch war. Sie ist sehr sympathisch, und Stella hängt sehr an ihr, weil sie als Kind großteils von ihr aufgezogen wurde. Ich hatte Stella angeboten, sie zu begleiten. Aber sie wollte, dass ich den Tag genieße, worauf ich ihr entgegnet habe, dass ich nicht wisse, ob mir das ohne sie gelinge.“
„Hoffen wir, dass es nichts Schlimmes ist. Habt ihr wenigstens deinen Geburtstag noch ein wenig zusammen gefeiert?“
„Stella war ein wenig besorgt, aber wir haben trotzdem zu zweit unten am Strand gefeiert. Sie hat mich mit einem Picknick am Lagerfeuer überrascht, und ich habe ihr anschließend die Sterne vom Himmel geholt.“
„Das klingt doch sehr romantisch. Nach den Details frage ich jetzt lieber nicht“, sagt Dad und grinst.

„Die würde ich dir auch nicht verraten“, entgegne ich mit einem genussvollen Lächeln.
„Du magst sie sehr gerne, nicht wahr?“, fragt er nach.
„Wir sind jetzt knapp zwei Jahre zusammen, und ich habe das Gefühl, dass unsere Zuneigung füreinander beständig wächst“, antworte ich.
„Das hört sich sehr gut an. Was genau magst du an ihr?“, fragt Dad.
„Eigentlich alles. Ich mag sie so, wie sie ist, und sie vermittelt mir umgekehrt das gleiche Gefühl.“
„Und wie ist sie?“, hakt er nach.
„Paps, du bist ganz schön neugierig. Ich dachte, du wolltest mir darlegen, was es mit dem Leid der Welt auf sich hat, stattdessen sprechen wir über Stella.“
„Wir nähern uns sozusagen über deine Beziehung zu Stella dem Thema der Liebe an“, erklärt er gelassen.
Ich weiß nicht wirklich, was er im Schilde führt, aber er schafft es, mich neugierig zu machen. „Ich mag vor allem ihre Lebensfreude und ihre Begeisterungsfähigkeit. Sie ist eigentlich immer gut gelaunt und sprüht vor Ideen und Energie. Wenn wir zusammen unterwegs sind, geht sie offen und spontan auf andere Leute zu. So haben wir schon oft sehr unterhaltsame Stunden mit Menschen verbracht, die wir eben erst kennengelernt haben. Außerdem mag ich es sehr, dass sie mich an ihren Gedanken und Gefühlen teilhaben lässt.“
„Das kann aber unter Umständen auch sehr anstrengend sein, oder?“
„Ich finde interessant, was sie fühlt und denkt. Sie hat mir viel von ihrer Kindheit und ihrer Familie erzählt und davon, wie sehr sie ihre Eltern und Geschwister schätzt und liebt. Wir sprechen darüber, was jeder von uns alltäglich ohne den anderen erlebt und in welcher Art und Weise es uns bewegt. Generell diskutieren wir gerne über alles, was uns in den Sinn kommt. Das können Politik, Wirtschaft, Philosophie, Kunst oder einfache und banale Alltäglichkeiten sein. Liest sie gerade einen Roman, werde ich immer über die Erlebnisse der Hauptprotagonisten auf dem Laufenden gehalten. Wenn wir ins

Kino gehen, gibt es danach meist heiße Debatten darüber, ob der Film nun gut war oder nicht, und darüber, was wem von uns warum gefallen hat. Einmal sind wir einer Meinung, ein andermal nicht.
„Und sprecht ihr auch über eure Gefühle?“
„Ja, und ich kann ihre Gefühle meistens verstehen, weil sie mir auch offenbart, warum sie sich gerade freut, wütend oder traurig ist.“
„Ich nehme an, du bist ihr gegenüber genauso offen?“
„Ja, das bin ich. Ich spüre, dass ich bei ihr meine Gedanken oder Gefühle offen zeigen kann. Wir sprechen über das, was uns bewegt, und über unsere Gefühle füreinander. Wenn uns gerade etwas am anderen missfällt oder wir das Gefühl haben, mit ihm stimmt gerade etwas nicht, sprechen wir das sofort an. Meist löst sich das Problem dann von selbst auf. Wenn ich an Melanie zurückdenke, war das ganz anders. Bei ihr hatte ich manchmal das Gefühl, meine Gedanken und Gefühle verstecken zu müssen, um sie nicht zu verletzen. Sie ließ ihren allerdings freien Lauf. Ihre Gedanken drehten sich unentwegt darum, was die anderen haben und sie nicht hat. Wer gerade angesagt ist, was man jetzt trägt und wo man am besten ausgeht. Wer gerade mit wem eine Affäre hat und ob ich schon das und dies gehört habe. Außerdem hat sie oft mir gegenüber schlecht über ihre angeblich besten Freundinnen gesprochen. Ute sei zum Beispiel eingebildet und hielte sich für die Schönste. Dabei sei sie eigentlich viel zu dick und wirklich nicht die Intelligenteste. Ich empfand es Ute gegenüber nicht ehrlich, ihr einerseits das Gefühl zu geben, sie sei die beste Freundin, und andererseits hinter ihrem Rücken ständig über sie zu lästern. Ich habe einmal den Fehler gemacht und in einer dieser sinnlosen Diskussionen darüber, wer wie attraktiv ist, gesagt, dass ich Ute schon hübsch finde.“
„Das gab wahrscheinlich ein Menge Ärger“, folgert Dad.
„Der Abend war gelaufen. Warum ich denn nicht mit Ute zusammen sei, wenn ich sie doch hübscher fände. Ich entgegnete dann, dass ich das nicht gesagt hätte. Aber Melanie warf mir weiter vor, ich

hätte Ute in letzter Zeit häufig intensiv angesehen, was auch nicht stimmte. Aber ich hatte keine Chance, ihren Klauen zu entkommen. Sie drehte mir jedes Wort im Munde um. Nachdem wir ca. eine Stunde gestritten hatten, sah ich keine Möglichkeit mehr, die Situation wieder einzufangen. Ich ging dann, weil es mir sinnlos erschien, dieses Gespräch weiterzuführen. Unter Tränen rief sie mir noch nach, sie hätte insgeheim schon immer gewusst, dass ich Ute besser fände als sie. Dieses sinnlose Eifersuchtsdrama hatte zur Folge, dass ich mich innerlich weiter von ihr distanzierte. Mit der Zeit gab es dann auch jedes Mal, wenn ich zum Surfen gehen wollte, längere Diskussionen. Ich sei doch erst vor drei Tagen beim Wellenreiten gewesen und würde mir keine Zeit für sie nehmen. Ich solle sie und ihre Freundinnen in die Stadt begleiten. Aber ich hatte weder auf ihre Freundinnen noch aufs Einkaufen Lust. Mein Vorschlag, jeder solle tagsüber machen, wozu er Lust hat, und abends würde ich dann für uns kochen, wurde mir misslaunig quittiert mit: ‚Wenn dir das Surfen wichtiger ist als ich, dann geh doch! Heute Abend habe ich keine Lust auf Essen und gemeinsame Gemütlichkeit. Ich gehe nämlich mit meinen Freundinnen zum Tanzen!‘ Andererseits konnte sie natürlich auch sehr süß sein. Insbesondere als wir uns gerade kennengelernt hatten, haben wir gemeinsam viele schöne Augenblicke erlebt. Aber je länger wir uns kannten, desto mehr stellte ich fest, dass mir einige ihrer Charakterzüge nicht gefielen. Ich konnte ihr das aber lange nicht sagen. Irgendwann hat sie mich dann aber mit einem ihrer Eifersuchtsanfälle so wütend gemacht, dass ich ihr alles ins Gesicht gesagt habe, was mir nicht an ihr passte. Das war das erste Mal, dass ich sie ehrlich mit meinen Gedanken und Gefühlen konfrontiert habe. Allerdings hat es auch dazu geführt, dass unsere Beziehung kurz danach beendet war. Mir gefiel es nicht, dass sie ständig eifersüchtig war und mir das Surfen abspenstig machen wollte. Das ständige Gerede über die anderen und darüber, wer was macht und was hat und wen kennt, interessierte mich nicht und interessiert

mich bis heute nicht. Ich erinnere mich noch an das erste Mal, als ich sie mit zu uns nach Hause brachte. Da hat sie sich danach nur dafür interessiert, wie ihr sie wohl fandet. Sie wollte wissen, ob sie gut angekommen sei und ob ihr sie mögt.
Stella ist diesbezüglich das genaue Gegenteil und schwärmte nach dem Besuch bei euch davon, wie toll sie den Abend fand und wie sie sich darüber gefreut hat, euch kennengelernt zu haben. Sie erzählte mir, worüber sie sich mit Mutter und dir unterhalten hat und wie sehr sie jeden Augenblick genossen hat. Und wenn ich einen schönen Surftag hatte, dann freut sie sich für mich. Manchmal kommt sie auch zum Strand und sieht mir mit dem Feldstecher zu. Zum Geburtstag hat sie mir ein selbst produziertes Surfvideo geschenkt. Dafür hat sie mich und die anderen Surfer heimlich am Strand gefilmt und daraus einem Kurzfilm produziert, unterlegt mit heißen Rhythmen ihrer Band.
Wenn ich einem anderen Mädchen hinterherschaue, was schon mal vorkommt, wirft mir Stella lachend einen bösen Blick zu und ich bekomme einen kleinen Boxer in die Rippen verpasst. Und wenn sie mal mit anderen Jungs flirtet, kann mich das dann zugegebenermaßen auch nervös machen. Weil sie aber nie einen Zweifel daran aufkommen lässt, dass sie mit mir zusammen ist, kann ich damit locker umgehen. Stella und ich begegnen uns sehr offen in unserem Denken und Fühlen. Sie gibt mir wie ich auch ihr das Gefühl, dass wie einander mögen, weil wir so sind, wie wir sind. Diese Leichtigkeit und Ungezwungenheit unserer Beziehung beschert uns wiederum viele ausgelassene Augenblicke und jede Menge Spaß.
Bei Melanie hatte ich hingegen immer das Gefühl, dass sie mich ändern wollte und ich ihr als Person mit meinen Interessen, Bedürfnissen, Gedanken und Gefühlen fremd war."
„Anderseits fühlte sie sich wahrscheinlich in ihren Interessen und ihrem Wesen genauso wenig von dir wertgeschätzt", kontert Dad.

„Hm", überlege ich, „so habe ich es noch gar nicht betrachtet. Aber wahrscheinlich hast du recht. Im Grunde war mir das, wofür sie sich interessierte, ebenso fremd."
„Bevor ich deine Mutter kennenlernte", erzählt Dad, „machte ich einige ähnliche Erfahrungen. Am Anfang der Beziehung war ich in meine damaligen Freundinnen immer sehr verliebt. Wir verbrachten viel Zeit miteinander und genossen die gemeinsamen schönen Augenblicke. Aber nach einer Weile fiel mir dann auf, dass mich einige Wesenszüge an ihnen zu stören begannen. Andersherum störten sie ebenso einige meiner Wesenszüge, was dazu führte, dass ich mich nicht so gesehen fühlte, wie ich mich selbst begriff. Irgendwann stellten wir fest, dass wir einander doch fremd sind, was dann über kurz oder lang immer zum Ende der Beziehung führte."
„Genauso ging es mir mit Melanie", ergänze ich. „Je mehr ich mich fremd und nicht gesehen fühlte, umso mehr hat sich das anfängliche Verliebtheitsgefühl verloren. Bei Stella und mir hingegen intensivieren sich die Gefühle füreinander mit der Zeit."

GLÜCK
BRAUCHT
LIEBE

„Es stellt sich die Frage, warum die Liebe in dem einen Fall scheitert und in dem anderen glückt. Was ist eigentlich Liebe? Wie ist sie beschaffen und wodurch zeichnet sie sich aus? Die Liebe begegnet uns in der Poesie, in Romanen und Geschichten, in Illustrierten und Filmen. Sie ist ein zentrales Thema des Menschen. Allerdings ist das, was die Menschen als Liebe bezeichnen und was sie darunter verstehen, oft sehr unterschiedlich. Weil der Begriff der Liebe sehr missverständlich verwendet wird, ist es sehr wichtig, sich über das Wesen der Liebe im Klaren zu sein. Was glaubst du, zeichnet Liebe aus?“, fragt mich Dad mit bohrendem Blick.

Nach Worten suchend stammele ich: „Sehnsucht nacheinander, Herzklopfen, sich angezogen fühlen?“

„Die Liebe beinhaltet einerseits ein Gefühl des Sich-zueinander-hingezogen-Fühlens. Das ist richtig“, erwidert Dad, „andererseits bedeutet der Umstand, dass wir diese emotionale Verbundenheit verspüren, nicht automatisch und zwingend, dass es sich dabei um Liebe handelt. Von Liebe können wir erst dann sprechen, wenn das Sich-zueinander-hingezogen-Fühlen auch zu einem Umgang miteinander führt, durch den die Liebe offenbar wird. Das wahrhafte Gefühl der Liebe füreinander entsteht dadurch, dass man einander im alltäglichen Umgang Liebe zuteilwerden lässt.

Die Liebe ist ein Gefühl, das sich aus der Qualität des Miteinanders speist.

Wenn wir beispielsweise behaupten, jemanden zu lieben, ihn aber gleichzeitig schlecht behandeln, ist das keine Liebe. Die Behauptung ist dann also schlichtweg eine Lüge. Und Liebe in diesem Sinne verstanden ist keineswegs nur auf die partnerschaftliche Beziehung beschränkt, sondern sollte die erstrebenswerte Qualität aller zwischenmenschlichen Beziehungen sein. Unsere erste Beziehung im Leben ist die zu unserer Mutter bzw. zu unseren Eltern, gefolgt von weiteren zu Geschwistern, Verwandten, Freunden usw. Die partnerschaftliche Beziehung, die wir gemeinhin als Liebesbeziehung bezeichnen, beginnt oft mit einem spontanen Gefühl der Begierde und des Sich-angezogen-Fühlens. Dieses Verliebtheit-Sein ist dann die Initialzündung dafür, miteinander in Kontakt zu treten und eine Beziehung zu beginnen. Die sexuelle Leidenschaft intensiviert das Gefühl der Sehnsucht nacheinander. Auch wenn aus dem Verliebt-Sein eine Beziehung erwächst, ist damit noch lange nicht gesagt, dass es sich dabei um Liebe handelt. In diesem Punkt irren viele Menschen und verwechseln ihr Verliebt-Sein mit Liebe. Je mehr wir uns damit beschäftigen, umso deutlicher werden wir den Unterschied erkennen können."

LIEBE IST BLÜHEN

Paps greift nach einem Buch, das auf dem Tisch liegt und mir bis jetzt noch nicht aufgefallen war. Ich kann mich weder daran erinnern, dass er es mitgebracht hat, noch dass es schon vorher auf dem Tisch lag. „Die Logik der Liebe und wie sich die Welt daraus erklärt" entziffere ich vor mich hinsprechend den Titel auf dem goldfarben spiegelnden Einband.

„An dieser Stelle lese ich dir ein wenig aus diesem Buch vor, in dem die Definition der Liebe vortrefflich formuliert ist", sagt Dad und beginnt:

„Die Liebe entsteht, wenn sich zwei Menschen zueinander hingezogen fühlen und den jeweils anderen in Kenntnis seines Wesens aus der Tiefe des Herzens möglichst vorbehaltlos und uneingeschränkt bejahen und ihn darüber hinaus in seiner Entwicklung, seinem Glück und damit in der Blüte seines Wesens unterstützen.

Die Liebenden begegnen einander wahrhaftig, ehrlich, offen, voller Mitgefühl, Zärtlichkeit und Hingabe. Dies beschert ihnen Freude. Der wechselseitige Rhythmus aus Geben und Empfangen schenkt beiden Glück und lässt sie einander im Wesen transparent werden. *Sie erfahren die Faszination des in Teilen Gleich-Seins wie auch Verschieden-Seins. Durch diesen Umgang wird beiden das Gefühl der bedingungslosen Liebe füreinander zuteil, die ihnen allumfassende Geborgenheit spendet. Die sich im Geben und Empfangen ausdrückende Liebe lässt den Menschen im Glück erstrahlen und blühen. Wie eine Blume erfüllt seine Blüte die Umgebung mit Schönheit. Liebe ist Blühen."*

Dad legt das Buch zur Seite und erklärt: „Aus der Begierde, der Sehnsucht oder Leidenschaft entsteht also erst dann das Gefühl der Liebe füreinander und damit Liebe, wenn man einander dem Wesen nach allumfassend bejaht und sich gegenseitig im Glücklich-Sein unterstützt.
Das Glücksversprechen der Liebe liegt darin, in der Totalität seines Wesens respektiert und angenommen zu sein und in der eigenen Blüte unterstützt zu werden. Die große Sehnsucht der Menschen nach Liebe speist sich aus dem Verlangen nach dieser allumfassenden Geborgenheit."
„Das klingt nach einer Traumbeziehung in absoluter Harmonie und ohne Konflikte", erwidere ich.
„Dieses Ziel ist natürlich erstrebenswert, aber paradoxerweise führt der Weg zur Blüte oft auch über Konflikte. Entdecke ich in der anderen Person Wesenszüge, die ich selbst in mir trage, erblicke ich mich selbst in der anderen Person. Ich spiegele mich in ihr und fühle mich dadurch nicht mehr alleine, sondern verstanden und geborgen.
Manchmal bekämpfen wir aber auch bestimmte Wesenszüge im anderen, weil wir sie in uns selbst ablehnen. Das führt dann erst einmal zu Konflikten in der Beziehung. Erst wenn wir erkennen, dass wir uns eigentlich selbst bekämpfen und anfangen, diese Eigenschaften in uns zu integrieren, wachsen wir innerlich und machen einen wichtigen Schritt in Richtung unserer eigenen inneren Blüte.

Diese Art der Konfliktbewältigung stärkt die Beziehung und die ihr innewohnende Liebe. Aber natürlich gibt es auch andere, manchmal unannehmbare Konflikte, die die Beziehung und die Liebe dauerhaft beschädigen und mit der Zeit zum Ende der Beziehung führen. Ein Konflikt kann also zu einer prachtvolleren Blüte und innigeren Beziehung oder auch zum Gegenteil führen. Wir werden später noch ausführlich darauf zu sprechen kommen. Grundsätzlich lassen uns Wesenseigenschaften des Partners, die man selbst nicht in sich trägt, der Faszination des Andersseins und damit der Vielfalt der Menschen gewahr werden."

„Wenn ich beispielsweise Stellas Spontaneität bewundere, wird mir dabei bewusst, wie ähnlich wir uns darin sind. Was die Wissbegierde angeht, sind wir allerdings eher verschieden. Das führt dann ab und zu auch zum Streit. Ich wünsche mir manchmal, sie wäre neugieriger auf neue Themen. Aber je mehr ich insistiere und versuche sie zu begeistern, umso genervter wird sie. Vielleicht müsste ich einfach mal akzeptieren, dass wir hier unterschiedlich sind?", füge ich an.

„Ich denke, du solltest sie in diesem Punkt respektieren und erwartungsfrei annehmen. Vielleicht entwickelt sich die Neugierde noch, vielleicht auch nicht. Deine Mutter hat zum Beispiel meine Spontaneität in den ersten Jahren unserer Beziehung immer wieder auf die Palme gebracht. Wir haben uns oft deswegen gestritten, weil sie sich eigentlich nie für meine spontanen Ideen begeistern konnte. Erst als wir uns in Bezug auf die Spontaneität mehr Raum und Freiheit gegeben haben, konnte sie sie langsam immer mehr schätzen und begann, ihre eigene Art der Spontaneität zu entwickeln."

„Das wusste ich gar nicht, und ohne Spontaneität kann ich mir Mum gar nicht vorstellen", entgegne ich erstaunt.

„Du kannst sie ja mal fragen, dann erzählt sie dir bestimmt ihre persönliche Geschichte über die Spontaneität", entgegnet Dad und fährt dann mit seinen Ausführungen über die Liebe fort: „Nur durch den Anblick kann man sich spontan und von einem Augenblick auf

den anderen in eine andere Person verlieben, ohne dass man sie zuvor näher kennengelernt hat. Ob aber aus diesem Impuls des Verliebt-Seins Liebe entsteht, kann man erst feststellen, wenn man ihre Wesensarten kennt, die wir gemeinhin als Charakter bezeichnen. Dies bedarf der Zeit. Im Allgemeinen stiftet die Abgrenzung von Verliebtheit und Liebe viel Verwirrung."
„Und wie kann man sie voneinander unterscheiden?", frage ich neugierig.

SICH VERLIEBEN UND LIEBEN

„Dem Verlieben liegt durchaus die Sehnsucht nach Liebe, wie wir sie gerade eben kennengelernt haben, zugrunde. Ob sie sich allerdings erfüllt, zeigt sich erst mit der Zeit", führt Dad aus und liest dann weiter aus dem Buch über die Liebe vor:
„Zwischenmenschliche Beziehungen durchlaufen im Allgemeinen zwei Ebenen, die wir als Oberflächen- und Tiefenebene bezeichnen können. Wenn wir einen Menschen seinem Wesen und seinem Charakter nach noch nicht kennen, befindet sich die Beziehung zu ihm noch an der Oberfläche. Sobald wir ihn im Hinblick auf sein wahres Wesen kennengelernt haben, gelangt unsere Verbindung von der Oberfläche auf die Tiefenebene."

Verliebtheit – die Oberflächenebene einer Beziehung

„Die Oberflächenebene ist die augenscheinliche Ebene eines jeden Menschen und damit das, was wir als Erstes an ihm wahrnehmen. Dazu zählt sein Aussehen, seine Ausstrahlung, seine Kleidung, sein Beruf, sein Erfolg, sein sozialer Status, seine Interessen, die Vereine, Parteien, Glaubensgemeinschaften, denen er sich zugehörig fühlt, usw. Auch das, was er von sich erzählt, und die Art, auf die er es tut, gehören dazu. All

diese Dinge treten sozusagen an der Oberfläche des Menschen zutage. Sie sind leicht für jeden zu erkennen und erzeugen in uns meist eine gewisse Vorstellung von dessen Wesen. Wir meinen dann zumindest zu erahnen, wie dieser Mensch seinem Charakter nach ist.
In Wahrheit erhalten wir auf dieser Ebene aber nur ganz bedingt Aufschluss über das wahre Wesen und den wahren Charakter eines Menschen. Die Oberflächenebene ist vielmehr davon geprägt, wie der Mensch sich selber sieht bzw. von anderen gesehen werden will, sowie von dem, wie wir ihn sehen wollen, ohne zu wissen, wie er wirklich ist."

Verliebtheit und das Phänomen der Projektion

„Unsere Vorstellung von Liebe ist geprägt von der Sehnsucht, als Mensch aufzublühen, was wiederum Glücksgefühle in uns auslöst. Verlieben wir uns in einen Menschen, glauben und hoffen wir, dass mit der Beziehung zu ihm das Glücksversprechen eingelöst wird, das der Liebe innewohnt. Darüber hinaus", fährt Dad mit dem Vorlesen fort, *„haben wir oft unsere individuellen Vorstellungen, Sehnsüchte, Wünsche und Erwartungen an das Erscheinungsbild, die Lebenssituation, den sozialen Stand, die Bildung und Herkunft etc. des anderen.*
Verlieben wir uns in einen Menschen, den wir nicht zuvor auf seiner Tiefenebene kennengelernt haben, entspricht er meist auf der Oberflächenebene unseren individuellen Vorstellungen. Wir neigen dann dazu, unsere Sehnsucht nach Liebe auf die Oberflächenebene dieses Menschen zu projizieren.
Das Sich-Verlieben ist meist die Projektion unserer Sehnsucht nach Liebe auf die uns geeignet erscheinende Oberflächenebene der anderen Person. Da wir einander aber dem Wesen nach noch nicht kennengelernt haben, handelt es sich dabei noch nicht um Liebe. Das Verlieben drückt vielmehr unsere Hoffnung aus, der andere möge unseren Wunsch nach Liebe durch sein Wesen erfüllen. Ob sich dies bewahrheitet, erfahren wir, wenn wir einander dem Wesen bzw. Charakter nach wirklich kennengelernt haben

und feststellen, ob wir einander aus ganzem Herzen bejahen können. An diesem Punkt gelangt die Beziehung von der Oberflächen- auf die Tiefenebene.“

„Und wie lange dauert es, bis man die Tiefenebene erreicht hat?“, frage ich neugierig nach.

Liebe – die Tiefenebene einer Beziehung

„Das lässt sich nicht pauschal sagen. Viele unterschiedliche Faktoren spielen hier eine Rolle. Es hängt beispielsweise davon ab, wie schnell man einander kennenlernt, wie viel Zeit man miteinander verbringt, wie offen man zueinander ist und wie viel man gemeinsam erlebt. Bei meinen Beziehungen hat es immer ungefähr drei Monate intensiven Zusammenseins gebraucht, bis ich das Wesen meiner Partnerin zumindest bis zu einem gewissen Grad kennengelernt habe. Manche Wesenszüge an ihnen sind mir auch erst Jahre später aufgefallen.

Das große Problem beim Sich-gegenseitig-Kennenlernen ist die Kommunikation“, erläutert Dad.

„Das, was wir sagen, führt sehr oft zu Missverständnissen. Jeder Mensch wählt seine Worte von seinem eigenen Erfahrungs- und Wertehorizont aus, vor dem seine Äußerungen durchaus richtig sind, insofern er nicht lügt. Die Worte lösen aber unter Umständen beim Empfänger ganz andere Assoziationen und Erwartungen aus, da er durch seine Erfahrungen ganz anders geprägt wurde. Jeder Mensch nimmt sich da selbst als Referenzmaßstab. Er schließt aufgrund von Worten von sich selbst auf den anderen und verkennt dadurch oft dessen Wesen. Worte sind schnell gesagt und Versprechen schnell gemacht. Sie garantieren aber noch lange nicht, dass ihnen auch die entsprechenden Taten folgen.“

„Zu Beginn meiner Beziehung mit Melanie war ich von ihr begeistert“, erinnere ich mich. „Sie hat mir da auch versprochen, ich könne wann immer ich wolle zum Surfen gehen. Als ich allerdings ein paar Wochen später davon Gebrauch machen wollte, versuchte sie, mir das Surfen abspenstig zu machen."

„Und deshalb", erklärt Dad, „lernen wir einen Menschen nur dadurch wahrhaft seinem Wesen nach kennen, wenn wir herausfinden, welche Erlebnisse, Handlungen und Lebenssituationen in ihm welche Art an Gedanken und Gefühlen auslösen, und wir außerdem verstehen, welche Handlung den Gedanken und Gefühlen folgen. Zwei Menschen können beispielsweise beim Anblick eines teuren Gegenstands das Gefühl bekommen, ihn unbedingt selbst besitzen zu wollen. Während dieses Gefühl des Neids den einen motiviert, erfolgreich zu sein, um ihn sich selbst eines Tages leisten zu können, kann es einen anderen dazu veranlassen, den Gegenstand zu beschädigen oder zu zerstören, nach dem Motto: Wenn ich ihn nicht besitzen darf, soll ihn auch kein anderer besitzen und sich daran freuen.

Sich kennenzulernen setzt also voraus, dass sich beide gegenseitig in dem, was sie wirklich denken und fühlen, offenbaren und es durch die gemeinsam erlebte Wirklichkeit transparent werden lassen. Durch diesen Prozess des Kennenlernens gelangen wir auf die Tiefenebene einer Beziehung und lernen damit den Partner wahrhaft kennen."

Dad nimmt das Buch wieder zur Hand, blättert einige Seite nach vorne und beginnt, laut zu lesen:

„Worte, die nicht mit konkreten Taten und gemeinsam erlebten Situationen verknüpft sind, leisten oft lediglich der Projektion und damit der Oberflächenebene Vorschub. Ehrliche Menschen gehen oft davon aus, auch ehrliche Menschen vor sich zu haben. Ein Hochstapler kann andererseits ganz gut einschätzen, ob jemand gutgläubig ist oder ihm eher vorsichtig beobachtend gegenübersteht. Er wird sicherlich Menschen meiden, bei denen er spürt, dass er sie nicht hinters Licht führen kann. Ein ehrlicher, aber naiver Mensch, der glaubt, jeder sei so ehrlich wie er, wird dem Hochstapler sehr viel leichter Glauben schenken als ein vorsichtig ehrlicher Mensch, der weiß, dass Menschen auch notorische Lügner sein

können. Dieser ist zwar genauso ehrlich, jedoch weit weniger gutgläubig, weil er bei dem anderen nicht das gleiche Maß an Ehrlichkeit wie bei sich selbst als gegeben voraussetzt. Der Naive wird also eher seiner Projektion erliegen, während der Vorsichtige gar nicht erst projiziert. Er wird sich an die Tiefenebene des Menschen herantasten, um festzustellen, mit wem er es wirklich zu tun hat.

Je umfassender wir einen Menschen auf seiner Tiefenebene kennengelernt haben, umso mehr werden wir spüren und feststellen, in welchem Maße wir ihn wahrhaft dem Wesen nach bejahen und unterstützen können und inwiefern uns Gleiches von seiner Seite aus widerfährt.

Wie schnell zwei Menschen auf die Tiefenebene gelangen, ist von Paar zu Paar unterschiedlich und hängt von mehreren Faktoren ab. Die Intensität der Beziehung, also wie viele unterschiedliche Lebenssituationen beide miteinander innerhalb einer Zeitspanne erleben, spielt ebenso eine Rolle wie das Maß, in dem beide sich einander im Hinblick auf ihre Gefühle und ihre Gedanken zu öffnen vermögen. Die Fähigkeit, zwischen Realität der Persönlichkeit und eigener Projektion trennen zu können und gegebenenfalls dem auftretenden Widerspruch – und damit der Wahrheit der anderen Person – ins Auge blicken zu können, ist ein weiterer entscheidender Faktor.

Die Tiefenebene der Beziehung haben wir dann erreicht, wenn wir die Wahrhaftigkeit des Wesens der anderen Person zu erkennen vermögen. Da das Wesen des Menschen aber auch dem Wandel und der Veränderung unterliegen kann, ist diese Wahrheit nicht statisch, sondern ändert sich in dem Maße, wie sich der Mensch verändert. Die Wahrheit muss also unter Umständen immer wieder aufs Neue erkundet und erfahren werden.“

Die gelingende Beziehung

„Aus dem anfänglichen Gefühl des Sich-verliebt-Fühlens entsteht Liebe“, fährt Dad fort, *„wenn beide einander auf der Tiefenebene aus dem Herzen möglichst uneingeschränkt bejahen. Beide Partner haben sich*

dann weitgehend der Projektion entledigt, und ihre Sehnsüchte, Träume und Wünsche an eine Beziehung bewahrheiten sich in der gelebten Realität. Ihre Gefühle füreinander richten sich auf das wahre Wesen der anderen Person, wodurch sie in die Lage versetzt werden, einander das Glück der Liebe zu spenden.
Diese Liebe kann sich aber auch wieder verlieren, wenn sich einer oder beide Partner in ihrem Wesen verändern und die Veränderung keine Bejahung des anderen findet."

Enttäuschung und die gescheiterte Beziehung

„Führt das Kennenlernen auf der Tiefenebene dazu, dass sie sich einander nicht uneingeschränkt bejahen können, werden beide sich nicht umfassend in ihrer Person und ihrem Wesen gesehen und damit geliebt fühlen. Die Liebe kann sich dann nicht entfalten, und die Beziehung läuft Gefahr zu scheitern."
„Was wahrscheinlicher eintritt, wenn beide ihrem Wesen nach sehr unterschiedlich sind, oder?", hake ich nach.
„Nicht unbedingt! Die Verschiedenheit im Wesen kann faszinierend und bereichernd sein. Aber sie kann auch unannehmbar sein, wenn es sich um eine Eigenschaft handelt, die das Wesen des anderen verneint und damit der Liebe den Nährboden entzieht. Beispielsweise wenn der Mann in der Beziehung gewalttätig ist, handelt es sich dabei um einen die Liebe verneinenden Wesenszug. Er steht in Opposition zur Blüte und zur Bejahung aus dem Herzen", sagt Dad und liest weiter aus dem Buch vor:
„Das Scheitern einer Beziehung ist für jeden Menschen schmerzhaft, weil er dadurch zwangsläufig erkennt, dass sich die Glücksvorstellung, die mit der Verliebtheit einherging, nicht in der Realität des Lebens bewahrheitet. Präziser formuliert hat sich unsere Vorstellung vom Glück der Liebe, die wir in unserem Verliebt-Sein auf die Oberflächenebene des anderen

projiziert haben, auf der Tiefenebene nicht bestätigt. Darüber sind wir dann meistens enttäuscht und verletzt.
Die Enttäuschung ist aber in Wahrheit eine ***Ent****-Bindestrich-****Täuschung.*** *Das heißt, wir erkennen, dass wir uns selbst im Prozess des Verliebens getäuscht haben. Wir glaubten, dass sich unsere Projektion auf die Oberflächenebene auf der Tiefenebene bewahrheiten würde. Die gelebte Realität hebt mit der Zeit diese Täuschung auf, weil wir erkennen, dass unsere Projektion in meist unannehmbarer Art und Weise nicht mit dem Menschen in Einklang steht, den wir nun besser kennengelernt haben. Wir werden ent-täuscht."*

Mein Vater hebt seinen Blick vom Buch und sieht mir fest in die Augen. Es herrscht für eine Weile Stille, und meine Gedanken springen umher.
„Enttäuschung ist eine aufgehobene Täuschung", spreche ich fassungslos vor mich hin. „Nun verstehe ich zum ersten Mal die Bedeutung dieses Wortes, über das ich nie zuvor nachgedacht habe. Ja, es stimmt: Als die Beziehung mit Melanie beendet war, war ich ent-täuscht. Ich hatte sie mir dem Wesen nach zu dem Zeitpunkt, an dem ich mich in sie verliebte, ganz anders vorgestellt. Die Melanie, die ich dann im Laufe unserer Beziehung kennengelernt habe, war anders. Zu Beginn unserer Beziehung nahm ich sie als gut gelaunt, unternehmungslustig und vielseitig interessiert wahr. Je besser ich sie allerdings kennenlernte, umso mehr stellte ich fest, dass sie alles andere als spontan und neugierig ist. Sie war oft schlecht gelaunt und sehr darauf bedacht, was andere über sie denken und wie sie nach außen wirkt. Sie war ihren Freundinnen gegenüber nicht ehrlich, und ich bin mir auch nicht sicher, ob sie es mir gegenüber immer war. In dieser Hinsicht ist sie das genaue Gegenteil von mir. Unsere Vorstellungen von Beziehung waren ebenfalls sehr unterschiedlicher Natur. Sie wollte jemanden an ihrer Seite, um den sie möglichst all ihre Freundinnen beneiden sollten. Jemanden, der mit

ihr in die angesagten Clubs geht, der sie auf ihren Shopping-Touren begleitet und ihr möglichst oft sagt, wie toll sie ist. Ich hingegen wollte eine Freundin, mit der ich über alles reden und spannende Dinge unternehmen kann. Und da kann es dann durchaus einmal spannend sein, in einen Club zu gehen, aber nicht ständig. Nachdem wir einander näher kennengelernt hatten, war für uns beide eigentlich klar, dass sich weder ihre noch meine Vorstelllungen über den jeweils anderen bewahrheiteten. Denkbar schlechte Voraussetzungen für eine allumfassende Bejahung und damit für die Liebe", erzähle ich Dad.

„In diesem Sinne ist die Liebe auch nicht zwischen euch entstanden. Jeder von euch beiden hat sich wohl jeweils im anderen getäuscht, und durch das gegenseitige Kennenlernen wurdet ihr zwangsläufig ent-täuscht", folgert Dad.

„Mit Stella ist es anders", erwidere ich. „Je besser wir uns kennenlernen, umso mehr schätzen wir uns gegenseitig. Mit deinen Worten gesprochen, bejahen wir uns gegenseitig auf der Tiefenebene. Wir haben sowohl gemeinsame wie auch unterschiedliche Interessen, gewähren jedoch einander den Freiraum, diesen Interessen jeweils nachzugehen. Das bringt auch willkommene Abwechslung und neuen Gesprächsstoff in unsere Beziehung."

Ich halte inne, um das Gesagte nochmals zu überdenken. „Ich glaube, Stella und ich haben die Tiefenebene erreicht, auf der wir uns beide weitgehend uneingeschränkt bejahen. In deinem Sinne könnte man durchaus sagen, dass es sich bei unserer Beziehung um Liebe handelt", und ich werde dabei ein wenig rot im Gesicht.

„Dazu kann ich dir nur gratulieren. Ich musste 30 Jahre alt werden, um das erste Mal diese Art der Liebe mit deiner Mutter erleben zu dürfen."

„Besser spät als nie, oder?", entgegne ich.

„Liebe ist nicht planbar", antwortet Dad gelassen.

„Wie kann es sein, dass unsere Gefühle der Verliebtheit so stark und intensiv sind, wenn das Sich-Verlieben doch nur eine Projektion unserer Sehnsucht nach Liebe auf einen anderen Menschen und damit eine Fiktion sind?“, frage ich ihn. Dabei denke ich an die Zeit zurück, als ich das erste Mal in ein Mädchen aus der Nachbarklasse verliebt war. Ich kannte sie vom Sehen schon einige Jahre, aber sie war mir nie besonders aufgefallen. Als ich etwa 14 Jahre alt war, lächelte sie mich eines Tages auf dem Schulhof an. Da war es um mich geschehen. Mein Herz begann zu rasen. Ich wollte zurücklächeln, aber meine Muskulatur war wie gelähmt und mein Lächeln missriet zu einer gezwungenen Grimasse, die mir die Schamesröte ins Gesicht steigen ließ. Ab diesem Augenblick konnte ich an nichts anderes mehr als an sie denken. Obwohl ich nichts von ihr wusste, weder wie sie hieß, noch wo sie wohnte, beschäftigte sie meine Gedanken vom ersten Wimpernschlag am Morgen bis zu dem Zeitpunkt am Abend, an dem ich in den Schlaf fiel. Manchmal träumte ich sogar nachts davon, sie zärtlich zu umarmen, sie zu küssen und dabei in ihren weichen Lippen zu versinken. Ich fieberte den Schulpausen entgegen, in denen ich sie auf dem Schulhof sehen konnte. Immer wieder nahm ich mir vor, sie endlich anzusprechen. Meine Schüchternheit, meine Nervosität und die Angst, sie könnte mich abblitzen lassen, ließen mich immer wieder zögern, während ich mich vor Sehnsucht innerlich verzehrte. Wenn sie mir mehr als zwei Tage keinen Blick schenkte, machte sich in mir ein Gefühl der Verzweiflung breit, das mir jeglichen Appetit und jeden vernünftigen Gedanke raubte. Sobald sie mir dann nach Tagen des Sehnens ein frisches Lächeln schenkte, verwandelte sie meinen Tag in ein Freudenfest. Nach vier Wochen hatte ich endlich den Mut gefasst, sie anzusprechen. Ich konnte nicht mehr länger warten, ohne innerlich zu verglühen. Nervös suchten meine Augen den Pausenhof nach ihren schwarzen, langen Haaren und ihrem bezaubernden Lächeln ab. Als ich sie endlich erblickte, blieb mir das Herz vor Aufregung fast stehen. Sie unterhielt sich angeregt mit einem anderen

Jungen. Ich musste also warten und beobachtete die beiden mit wachsender Ungeduld, immer wieder meinen auswendig gelernten Spruch vor mich hinsagend. Aber die beiden hörten nicht auf. Was in aller Welt konnte wichtiger sein als meine Mission? Die Glocke verkündete das Ende der Pause. Plötzlich küsste der andere Junge sie zärtlich auf den Mund. Dieser kurze Augenblick der Ewigkeit schnürte mir die Kehle zu, stahl mir den Atem, durchbohrte meinen Magen mit einen spitzen Pfahl und ließ das über Wochen sorgsam gefüllte Gefäß der Sehnsucht in tausend Splitter zerbersten, die sich tief unter meine Haut bohrten. Es dauerte Wochen, bis ich von meinen inneren Wunden genesen war und dem Leben wieder etwas Positives abgewinnen konnte. Niemals wollte ich wieder Wochen vergehen lassen, um die Frau meiner Träume anzusprechen! Nie wieder – sollte mir je wieder eine begegnen.

Nachdem ich meine Gedanken wieder eingefangen habe, schaut mich Dad fragend an: „Du warst gerade in Gedanken ganz woanders, oder?"

„Ja, ich habe mich daran erinnert, wie es war, als ich das erste Mal mit 14 Jahren in ein Mädchen in der Schule unsterblich verliebt war. Dieses Verliebtheitsgefühl war so ungeheuer intensiv und real. Als ich herausfand, dass sie sich für einen anderen Jungen interessiert, war ich am Boden zerstört und habe Wochen lang gelitten, bis ich diese Enttäuschung dann irgendwann endlich überwunden hatte. Ich habe euch damals davon erzählt, und ihr habt mich getröstet, was mir sehr geholfen hat."

„Jetzt, wo du davon erzählst, kann ich mich daran erinnern. Du hast damals ziemlich gelitten und tagelang nichts gegessen. Die Gefühle, die auftauchen, wenn man sich verliebt, sind real und können durchaus sehr intensiv sein", erwidert Dad. „Nur haben sie mit Liebe erst einmal wenig gemein. Sie entstammen der Sehnsucht nach Liebe und der sexuellen Begierde, die in uns das durchaus intensive Gefühl der Verliebtheit erzeugt. Dieses Gefühl wird oft mit der Liebe verwechselt, hat damit aber erst einmal noch wenig zu tun. Die Liebe kann nur das Wesen des anderen umfassen. Das kennt man aber noch gar nicht und kann man nur erfahren, wenn man in eine Beziehung mit dem anderen eintritt. Verliebt man sich in jemanden, den man dem Wesen nach bereits ein wenig kennt, kann dem Verliebt-Sein bereits ein Anteil Liebe zugrunde liegen. Die Gefahr der eigenen Projektion zu erliegen, ist da entsprechend geringer. Aus diesem Grund finden sich viele Paare auf der Arbeit, in der Schule oder über gemeinsame Freizeitaktivitäten. Man lernt sich also erst einmal ein wenig kennen, bevor man eine Beziehung miteinander beginnt. Man kennt dann die Tiefenebene des anderen etwas mehr und kann besser erahnen, ob man den gegenseitigen Erwartungen entspricht und sich dem Wesen nach bejaht“, erklärt Dad.

„Dann bestünde doch auch die Möglichkeit, einer Enttäuschung vorzubeugen, indem man den anderen erst einmal erwartungsfrei kennenlernt und nicht seine persönlichen Vorstellungen auf ihn projiziert?“, folgere ich.

„Das wäre zugegebenermaßen ein kluger Weg. Es erfordert allerdings ein hohes Maß an Reife, trotz des Verliebtheitsgefühls von Projektionen ablassen zu können und ohne große Erwartungen in eine Beziehung einzutreten. Man ist sich also darüber im Klaren, dass die eben beginnende Beziehung scheitern oder sich in Liebe bewahrheiten kann. Je nachdem, wie sich der Partner auf der Tiefenebene offenbart.“

SELBSTLIEBE UND LIEBESFÄHIGKEIT

„Du hast gesagt, dass die Liebe dann entsteht, wenn beide einander im Alltag das Wesen der Liebe zuteilwerden lassen. Wie sieht das im Alltag aus?“, frage ich neugierig darauf, mehr zu erfahren.

„Das Wesen der Liebe konstituiert sich im Kern aus mehreren Wesenseigenschaften. Sie alle stehen miteinander in Beziehung und in Abhängigkeit zueinander“, erklärt Dad. „Zusammen formen sie eine Art Organismus. Ich versuche, dir das anhand eines Beispiels zu erklären. Der Mensch verfügt über verschiedene Organe wie Herz, Lunge, Magen, Darm, Leber und Nieren. Sind alle Organe gesund und verrichten die ihnen zugedachte Aufgabe, sorgt dieses Zusammenspiel unter anderem dafür, dass der Körper des Menschen gesund ist. Erkrankt ein Organ, so wirkt sich das auf den gesamten Organismus aus. Der Mensch wird dann krank und verliert seine Vitalität. Im schlimmsten Falle stirbt er.
Überträgt man dieses Bild nun auf die Liebe, so ist die Liebe mit dem ganzen Menschen und ihre Wesenseigenschaften mit seinen Organen gleichzusetzen. In dem Maße, wie ich dem anderen alle Wesenseigenschaften der Liebe zuteilwerden lasse, sind alle Organe gesund und damit die Liebe intakt und vital.“
„Wenn ich meiner Partnerin nur eine Wesenseigenschaft nicht zuteilwerden lasse, ist die Liebe ein Stück weit erkrankt und stirbt vielleicht sogar ab?“, frage ich ungläubig nach.
„Zunächst entsteht sie nicht in dem Maße, wie es ihr möglich wäre, und kann deshalb auch das ihr innewohnende Glück nicht vollständig spenden. Manchmal kann es aber auch sein, dass sie beim Fehlen einer Wesenseigenschaft erst gar nicht entsteht oder abstirbt, wenn diese abhandenkommt. Das klingt im Augenblick noch abstrakt, wird aber klarer, sobald wir uns näher mit den Wesenseigenschaften beschäftigen.“

Abwesenheit von Egoismus

„Die wichtigste Wesenseigenschaft ist: Liebe bedeutet die Abwesenheit von Egoismus. Ebenso wie Krieg die Abwesenheit von Frieden und Frieden die Abwesenheit von Krieg ist, gilt für die Liebe:

Wo Egoismus herrscht, gibt es keine Liebe, und wo Liebe präsent ist, gibt es keinen Egoismus“,

liest mir Dad aus dem Buch vor.

„Und was verstehst du unter Egoismus?“, will ich wissen.

„Egoismus ist die Durchsetzung individueller Vorstellungen und Interessen gegenüber einem anderen Menschen, ohne dass diese im Einklang mit dessen Wesensblüte stehen. Mit anderen Worten ist Egoismus das Bestreben, unsere Vorstellungen auf Kosten des anderen durchzusetzen. Im Leben tritt er im Wesentlichen in zwei Formen in Erscheinung“, erläutert Dad.

„Im ersten Fall versucht ein Mensch einem anderen die eigenen Vorstellungen überzustülpen von dem, wie er zu sein hat, was er zu tun und zu unterlassen hat, ohne dass dies mit der Blüte seines Wesens in Einklang steht. Zu den gängigsten Mitteln der Durchsetzung zählen Manipulation, Erpressung bis hin zur Einschüchterung und die Androhung oder gar Anwendung von Gewalt.“

„Das erinnert mich an Melanie“, unterbreche ich Dad. „Sie hat mir immer wieder damit gedroht, die nächsten drei Tage kein Wort mehr mit mir zu reden, wenn ich zum Surfen ginge. Eigentlich war das Erpressung. War es auf der anderen Seite nicht auch egoistisch von mir, zum Surfen zu gehen, anstatt mit ihr etwas zu unternehmen?“, frage ich etwas verunsichert.

„Das Surfen erfüllt dich. Es macht dich glücklich, und du tust es nicht auf Kosten der anderen in dem Sinne, dass du ihre Blüte damit verhinderst.“

„Aber vielleicht habe ich damit die Blüte von Melanie behindert, weil ich manchmal nicht ihrem Wunsch gefolgt bin?“, bohre ich immer noch etwas verunsichert nach.

„Hättest du auf das Surfen verzichtet, hättest du dich ihrem Egoismus unterworfen. Das Surfen macht dich glücklich. Uns hat es immer gefreut, dich glücklich zu sehen, und Stella freut es sicher auch, oder?“

„Stella findet das toll. Natürlich sprechen wir uns vorher ab. Während ich beim Surfen bin, macht sie etwas, was ihr Freude bereitet, wie beispielsweise neue Gitarrenstücke üben oder ins Karatetraining gehen. Am Abend erzählen wir einander dann, was wir alles erlebt haben", antworte ich.

„Ihr unterstützt euch gegenseitig in eurem Glücklich-Sein, indem ihr euch den Raum gebt, eure persönliche Individualität auszuleben. Die Freude darüber teilt ihr miteinander. Hört sich nach Liebe an", erwidert Paps und grinst mich breit an, was mich abermals ein wenig verlegen macht. „Aber zugegebenermaßen ist es manchmal nicht einfach zu entscheiden, wann ein Verhalten egoistischer Natur ist und es sich gegen die Blüte des anderen richtet", fährt er fort. „Bei der zweiten Form des Egoismus benutzt ein Mensch einen anderen, um die eigenen egoistischen Vorstellungen zu verwirklichen, die nicht im Einklang mit der Wesensblüte des anderen stehen. Beispiele sind da sexuelle oder finanzielle Ausbeutung. Ein Mensch hat mit einem anderen Sex, obwohl dieser keine Lust dazu hat. Und finanzielle Ausbeutung findet statt, wenn monetäre Interessen dem Interesse an der Person übergeordnet sind."

„Da fallen mir spontan zwei Beispiele aus Stellas und meinem Bekanntenkreis ein", ergänze ich. „Imani ist mit Peter zusammen, der sie schlecht behandelt. Manchmal beschimpft er sie sogar vor anderen Leuten grundlos aufs Ärgste. Jeder bekommt mit, dass er Imani ständig mit anderen Frauen betrügt. Sie verzeiht ihm all seine Fehltritte, aber leidet natürlich insgeheim sehr darunter, wie sie Stella anvertraut hat. Aber Peter nutzt ihre Gutmütigkeit immer wieder aufs Neue aus. In dem anderen Fall geht es um Ahmet und Klaus, der aus einer sehr reichen Familie stammt. Sobald Klaus Ahmets materiellen Wünschen nicht nachkommt, fühlt sich Ahmet nicht geliebt. Er ist dann beleidigt, lässt Klaus links liegen und flirtet hemmungslos mit anderen Männern. Klaus schmerzt das natürlich. Weil er eine gute Haut ist, lenkt er immer wieder ein und erfüllt Ahmet jeden Wunsch.

Wenn Stella sich mit Ahmet unterhält, erzählt er nie etwas über Klaus und ihre Beziehung, sondern immer nur davon, was er Tolles von ihm geschenkt bekommen hat und was er sich als Nächstes wünscht. Es entsteht bei Stella und mir zunehmend der Eindruck, dass Ahmet eigentlich gar nicht an Klaus interessiert ist, sondern nur an seinem Geld. Stella ist der Meinung, dass sowohl Imani als auch Klaus blind sind vor Liebe."

Dad denkt einen Augenblick nach und folgert dann: „Wenn in beiden Beziehungen jeweils ein Partner kein wahres Interesse an dem Wesen und der Blüte des anderen hat, dann handelt es sich dabei auch nicht um Liebe. Imani und Klaus sind vielmehr blind vor lauter Verliebt-Sein. Würden beide das wahre Wesen ihres Partners erkennen, würde die Beziehung damit auf die Tiefenebene gelangen. Sie wären dann wahrscheinlich ent-täuscht und würden sich trennen."

„Das glauben Stella und ich auch", bekräftige ich.

„Die extremsten Formen des Egoismus sind sexueller Missbrauch und die Anwendung von Gewalt, die wiederum ihren negativsten Ausdruck in der Vergewaltigung und im Mord finden. Einen anderen Menschen vorsätzlich seines Lebens zu berauben, stellt den größten Egoismus dar, den ein Mensch einem anderen zuteilwerden lassen kann. Mit dem Verlust des Lebens ist eine Blüte nie mehr möglich.

Ein egoistischer Wesenszug kann generell nicht von der Liebe umfasst werden. Man kann niemanden dafür lieben, dass er bei einem selbst versucht, die Blüte zu verhindern. Das ist schlicht und ergreifend nicht möglich, denn das hieße, ich unterstütze im anderen den Wesenszug, der auf mein Verwelken abzielt.

Egoismus hat in der zwischenmenschlichen Beziehung nicht die Blüte des anderen, sondern die Verwirklichung der eigenen Vorstellungen oder Vorteile auf Kosten des anderen zum Ziel. Damit stehen sich Egoismus und Liebe in ihrer Zielsetzung diametral gegenüber. Je egoistischer wir sind, desto weniger können wir andere wahrhaft lieben und von ihnen wahrhaft geliebt werden.

Die Liebe weicht in dem Maße zurück, wie sich der Egoismus ausbreitet. Dem Wesen der Liebe wohnt diese zentrale und fundamentale Gesetzmäßigkeit inne. Viele Menschen, die sich über den Verlust ihrer Beziehung oder über mangelnde Liebe beklagen, bemerken gar nicht, dass sie es selbst sind, die die Liebe durch ihr egoistisches Handeln von sich fernhalten", erläutert Paps.

„Ich habe dir davon erzählt, dass Melanie ihren kleinen Schwestern ständig lauthals vorgeschrieben hat, was sie zu tun und zu lassen haben. Mich hat das immer gestört, zumal ich gesehen habe, wie sie darunter litten. Sie haben sie dafür ein Stück weit gehasst, auch wenn sie es nicht offen gezeigt haben. Mich hat ihr egoistisches Verhalten immer gestört. Aber es könnte doch auch sein, dass Melanie einen Partner findet, der dieses Verhalten an ihr bejaht, oder?"

„Ja, das könnte sein", bestätigt Dad. „wenn er die gleiche egoistische Prägung wie Melanie in sich trägt. Damit gäbe dieses Verhalten keinen Anlass für Meinungsverschiedenheiten zwischen den beiden. Diese Bejahung kann aber keine Bejahung aus der Tiefe des Herzens und damit im Sinne der Liebe sein, weil dieser Wesenszug nicht liebender Natur ist. Die Bejahung würde zwar Melanies Verhalten bestätigen, aber ihre Geschwister würden weiter unter ihr leiden. Durch diesen egoistischen Wesenszug ist Melanie von einer all ihre Wesenszüge umfassenden Liebe ausgeschlossen. Sie kann ihr nicht zuteilwerden."

„Aber warum sind die Menschen dann egoistisch, wenn sie dadurch die Liebe von sich selbst fernhalten? Einerseits wollen sie geliebt werden und andererseits sorgen sie selbst dafür, dass ihnen die Liebe nicht zuteilwerden kann. Das ist doch absurd!", stelle ich fest.

„Ja, das ist allerdings absurd. Aber die meisten Menschen sind sich dessen nicht bewusst. Sobald wir in unseren Betrachtungen weiter fortgeschritten sind, wirst du die Gründe hierfür verstehen.

Generell befähigt uns das Mitgefühl, das eine weitere Wesenseigenschaft der Liebe ist, zu bemerken, ob und wann wir in eine egoistische Handlungsweise gegenüber einem anderen Menschen verfallen", und Dad beginnt wieder aus dem Buch vorzulesen.

Mitgefühl

„Unser Mitgefühl ermöglicht, dass wir uns in das Wesen eines anderen Menschen hineinversetzen und mit ihm mitfühlen. Dadurch, dass wir das Wesen und die Gefühle des anderen in unsere Entscheidungen und Handlungen einbeziehen, können wir zwischen der liebenden und der egoistischen Natur unseres Tuns unterscheiden. In dem Maße, wie wir mitfühlend und verständnisvoll sind, wird der andere uns vertrauen und sich uns in seinen Wesen öffnen können. Treten wir ihm dagegen unsensibel und verständnislos gegenüber, wird er befürchten, nicht respektiert und verstanden oder gar innerlich verletzt zu werden. Insofern er überhaupt noch dazu bereit ist, sich zu öffnen, wird es ihm sicherlich schwerer fallen. Liebe kann nur in dem Maße entstehen, in dem wir einander mit Mitgefühl begegnen. Mit anderen Worten: Das Wesen der Liebe ist Mitgefühl.

Wo Liebe präsent ist, gibt es ein allumfassendes Mitgefühl und keinen Egoismus, und wo Egoismus vorherrscht, gibt es kein Mitgefühl und keine Liebe."

„Melanie hatte sicherlich kein Mitgefühl mit den unter ihrer Herrschsucht leidenden Geschwistern, oder?", fragt Dad nach.
„Jedenfalls nicht, dass ich es bemerkt oder sie es mir gegenüber zum Ausdruck gebracht hätte", entgegne ich.
„Wir haben darüber gesprochen, dass Mord die extremste Form des Egoismus ist, den ein Mensch einem anderen zuteilwerden lassen kann. Hätte ein Mörder Mitgefühl mit seinem Opfer, würde er diese Tat nicht vollbringen können."

„Wenn das, was du gesagt hast, richtig ist, kann jemand, der egoistisch und ohne Mitgefühl ist, auch nicht lieben", folgere ich.
„Sehr gut kombiniert", lobt Paps. „Der Mensch ist nur in dem Maße zur Liebe fähig, wie er von seinem Egoismus gegenüber anderen ablassen kann und ihnen mitfühlend begegnen kann."
„Das würde ja bedeuten, dass Menschen in unterschiedlichem Maße befähigt sind zu lieben, oder? Das glaube ich nicht, denn das wäre ja in höchstem Grade ungerecht", wehre ich ab.
„Die Fähigkeit zu lieben, ist bei den Menschen unterschiedlich stark ausgeprägt", erläutert Dad. „In jedem ist bei seiner Zeugung das Potenzial der eigenen Liebesfähigkeit gleichermaßen vorhanden und damit auch gerecht verteilt. Allerdings kommt sie dem Menschen im Laufe seiner Entwicklung mal mehr und mal weniger abhanden. Gleichzeitig hat jeder Mensch, egal wie sehr ihm die Fähigkeit zu lieben auch abhandengekommen sein mag, die Möglichkeit, sie wieder zu erlangen, weil sie in unserem Unterbewusstsein Kraft unserer Zeugung abgespeichert ist.

Der Liebe wohnt also ein Heilsversprechen inne, weil wir sie in unserem innersten Kern nie verlieren können, obwohl sie uns durchaus im Alltag abhandenkommen kann.

Dies ist eigentlich ein Paradoxon. Wir werden noch ausführlich darüber sprechen, wie und warum die Liebe verloren geht und wie man wieder zu ihr zurückfinden kann.
Für den Augenblick können wir festhalten: Das Mitgefühl füreinander schafft Vertrauen, das wiederum die Voraussetzung dafür ist, dass zwei Menschen sich füreinander uneingeschränkt öffnen können. Und nur wenn sie sich einander öffnen, können sie sich auch wahrhaft dem Wesen nach kennenlernen. Dies ist wiederum

die Voraussetzung dafür, dass sie einander im Glücklich-Sein unterstützen können und die Liebe zwischen beiden entstehen kann. Ohne Vertrauen kann es keine Liebe geben.

Wo Liebe präsent ist, gibt es allumfassendes Vertrauen, und wo Misstrauen vorherrscht, gibt es auch keine Liebe.

Damit sich Vertrauen bilden kann, ist neben dem Mitgefühl auch Wahrhaftigkeit vonnöten, welche eine weitere Wesenseigenschaft der Liebe ist.“ Dad liest weiter vor.

Wahrhaftigkeit

„Sind wir auf der Tiefenebene angelangt, vermögen wir zu erkennen, welche Erlebnisse, Handlungen und Lebenssituationen sehr wahrscheinlich welche Art von Gedanken und Gefühle bei einem Menschen auslösen. Umgekehrt erahnen wir, welche Gefühle und Gedanken den Menschen zu welchen Handlungen veranlassen. Unter Umständen stellen wir fest, dass die verbale Selbstdarstellung eines Menschen mehr oder weniger stark von seinen tatsächlichen Handlungen abweicht.
Wir können einen anderen Menschen nur glaubhaft erfahren lassen, wer wir sind, wenn unsere Worte und Handlungen miteinander im Einklang sind, wir ihm also wahrhaftig gegenübertreten. Sind wir nicht wahrhaftig, sind wir entweder nicht ehrlich oder meinen es nicht ernst, weil wir uns unseren Worten nicht verpflichtet fühlen. Um wahrhaftig zu sein, müssen wir ehrlich sein und darüber hinaus auch entsprechend handeln. Die Liebe, die unserem Wesen gilt, kann uns also nur in dem Maße zuteilwerden, wie wir wahrhaftig sind. In diesem Sinne ist die Wahrhaftigkeit eine weitere Wesenseigenschaft der Liebe. Sie ist eine notwendige Voraussetzung dafür, dass die Liebe entstehen kann.

Zunächst bedeutet Wahrhaftigkeit nur, dass jemand keine Schuld, Scham oder Verunsicherung darüber empfindet, sich anderen mit dem, was er denkt und fühlt, zu zeigen und entsprechend danach zu handeln. Damit ist allerdings noch nichts darüber ausgesagt, ob die Gedanken, Worte, Gefühle und Handlungen liebender oder egoistischer Natur sind.“

Dad legt das Buch zur Seite und erläutert: „Jemand, der beispielsweise starken Hass gegenüber Ausländern verspürt, dies auch immer wieder kundtut und irgendwann gegenüber einem Ausländer Gewalt anwendet, ist in unserem Sinne auch wahrhaftig. Allerdings offenbart sich dadurch kein liebender, sondern ein egoistischer Wesenszug. Wenn du Stella aus ehrlicher Zuneigung einen Strauß Rosen schenkst, ist das wahrhaftig und lässt einen liebenden Wesenszug deiner Person in Erscheinung treten.
Der Mensch hat die Sehnsucht, so geliebt zu werden, wie er ist. Damit die Liebe ihn erreichen kann, muss sein Wesen für den anderen transparent und erfahrbar werden. Das erreicht er dadurch, dass er dem anderen gegenüber wahrhaftig in Erscheinung tritt. Ist er es nicht, spielt er dem anderen schlussendlich etwas vor und leitet so die Liebe in die Irre. Sie würde dann, falls sie entsteht, nicht seinem Wesen, sondern der von ihm gespielten Rolle zukommen und wäre damit für ihn selbst verloren“, erklärt Paps.
„Wie zum Beispiel Melanie, die ihrer Freundin Ute gegenüber vorgibt, ihre beste Freundin zu sein, aber hinter ihrem Rücken ausschließlich über sie lästert“, stelle ich fest.
„Ein gutes Bespiel“, bemerkt Dad. „Nehmen wir an, Ute sieht in ihr vielleicht eine wirkliche Freundin und bringt Melanie aufrichtige Zuneigung entgegen. Melanie ist ihr gegenüber, wie wir wissen, aber nicht wahrhaftig. So gilt Utes Zuneigung lediglich der Rolle, die Melanie ihr vorspielt. Würde sie aber erfahren, wie Melanie wirklich über sie denkt, wäre sie sicherlich enttäuscht, weil Melanie sie über ihre wahren Gedanken und Gefühle ihr gegenüber getäuscht hat. In

dem Augenblick, in dem Ute dies in einer wie auch immer gearteten Lebenssituation erkennt, ist sie das erste Mal wahrhaftig mit dem Wesen Melanies konfrontiert. Das befördert die Beziehung auf die Tiefenebene, auf der Ute erkennt, dass sie in ihrem Wesen von Melanie nicht bejaht wird. Damit ist die Täuschung aufgehoben und die Beziehung wahrscheinlich beendet."

„Davon würde ich mal ausgehen", bestätige ich.

„Durch die Wahrhaftigkeit wird offenbar, ob der Mensch mitfühlend und in seinem Handeln frei von Egoismus ist. Wahrhaftigkeit in Verbindung mit Mitgefühl und der Abwesenheit von Egoismus schafft gegenseitiges Vertrauen und damit die Voraussetzung dafür, dass wir uns einander öffnen können. Nur auf dieser Grundlage kann die Liebe zueinander entstehen.

Du siehst also, wie die Wesenseigenschaften der Liebe zusammenhängen und voneinander abhängen. In ihrer Gesamtheit bilden sie einen Organismus, von dem wir eingangs gesprochen haben." Dad greift nach dem Buch und liest weiter vor:

„Ohne Wahrhaftigkeit gibt es keine Liebe, und wo Liebe existiert, ist Wahrhaftigkeit allgegenwärtig.

Durch unsere Wahrhaftigkeit geben wir dem anderen die Möglichkeit, uns so zu erfahren, wie wir sind. Je mehr wir uns einander hingeben, desto intensiver können wir uns *kennenlernen und erfahren, was der andere für seine Blüte und damit sein Glück benötigt."*

Hingabe

„Die Hingabe ist eine weitere Wesenseigenschaft der Liebe. Durch sie können wir die Liebe füreinander zum Ausdruck bringen."

„Aber wie gebe ich mich einem Menschen hin?", unterbreche ich Dad.

„Sich hingeben", erklärt Dad, „bedeutet, dass man seine Aufmerksamkeit und Achtsamkeit auf den anderen richtet, um ihn zu entdecken, zu erfahren und damit kennenzulernen. Hingabe bedeutet beispielsweise, dass du herausfindest, wie du deiner Partnerin einen Herzenswunsch erfüllen kannst. Du hörst ihr mitfühlend zu, wenn sie dich braucht. Unterstützt sie darin, ihre Begabungen zu erkennen und zu entwickeln, was in ihr wiederum Freude hervorruft und sie glücklich macht. Durch die Hingabe kann der Mensch seine Liebe dem anderen gegenüber zum Ausdruck zu bringen." Er nimmt das Buch wieder zur Hand und fährt fort, mir vorzulesen.
„Je achtsamer wir sind und je mehr wir uns auf das Wesen des anderen einlassen, indem wir uns ihm wahrhaftig öffnen und versuchen, sein Wesen zu erfahren und zu unterstützen, umso mehr geben wir uns ihm hin. Die Hingabe ist Ausdruck der Liebe.

Wo Liebe ist, ist Hingabe, und wo keine Hingabe ist, gibt es keine Liebe.

Die Hingabe existiert aber nicht nur in Bezug auf den anderen Menschen. Der Mensch sollte sich auch all seinen Aufgaben und Tätigkeiten mit Hingabe widmen. Wenn er beispielsweise musiziert, kann er dies mit und ohne Leidenschaft und Hingabe tun. Tut er es mit Hingabe, wird er generell mehr Freude daran haben und es wird ihm leichter fallen, sein Tun zur Blüte zu entwickeln."
„Das erinnert mich an das Surfen", unterbreche ich, „wofür ich eine große Leidenschaft verspüre. Um wirklich gut surfen zu können, musst du das Meer und die Wellen studieren. Nur so weißt du, wann eine Welle geeignet ist und in welcher Entfernung du sie, abhängig von Strömung und Wind, am besten anfährst. Du musst lernen zu spüren, wie und wann du am besten auf dem Brett aufstehst, wie sich die Welle entwickeln wird und wann und wo sie sich brechen wird.

Dann kannst du den Kurs derart wählen, dass du sie in der Ideallinie surfen kannst, ohne unter ihrer Walze begraben zu werden. Ändern kannst du die Welle nicht, aber du kannst durch Intuition, Studium und Übung erlernen, wie du sie am besten surfst."

„Ein schönes Beispiel, weil Leidenschaft auch Hingabe bedeutet", ruft Dad aus. „Intuition, Aufmerksamkeit, Achtsamkeit und Geduld sind wiederum wesentliche Merkmale der Hingabe oder noch treffender ausgedrückt: Hingabe ist eine Kombination aus Intuition, Aufmerksamkeit, Achtsamkeit und Geduld."

„Wenn ich also mit Stella im Bett liege und erkunde, wie ich sie mit meiner Zärtlichkeit erregen kann, ist dies auch als Akt der Hingabe zu verstehen?", entgegne ich mutig mit einem spitzbübischen Grinsen auf den Lippen.

„Eine der allerschönsten Arten der Hingabe", lacht mein Vater, „und indem sie es zulässt und darauf reagiert, öffnet sie sich mit ihrer Wahrhaftigkeit deiner Hingabe. Ich verstehe, dass ich dir zu diesem Thema eigentlich nichts mehr erklären muss."

Offenheit

Dad richtet seinen Blick wieder auf das Buch und liest weiter vor:

„Je mehr wir uns füreinander zu öffnen vermögen und dem anderen Zutritt zu unserem inneren und intimen Wesen, unseren wahren Gedanken, Wünschen, Träumen, Ängsten und Gefühlen gewähren, umso leichter können wir einander gegenseitig im Wesen transparent werden. Indem wir uns öffnen, geben wir dem anderen die Möglichkeit, uns so zu lieben, wie wir sind. Durch diesen Prozess des gegenseitigen Sehens und Gesehen-Werdens lernt man sich gegenseitig möglichst in allen Facetten kennen, um einander das Füllhorn der Liebe zuteilwerden zu lassen.

Über welchen Zeitraum und in welchem Rhythmus beide sich füreinander öffnen, ist dabei von sehr individueller Natur und maßgeblich vom gegenseitigen Vertrauen und der persönlichen Fähigkeit, sich öffnen zu können, bestimmt.

Liebe ist Offenheit, und wo Verschlossenheit herrscht, kann die Liebe nicht erblühen.

Offenheit ist eine weitere Wesenseigenschaft der Liebe. Die Fähigkeit, sich zu öffnen, ist eine Voraussetzung dafür, dass Liebe entstehen kann. Diese Offenheit setzt Vertrauen voraus, das wiederum Wahrhaftigkeit und Mitgefühl braucht. Aber selbst wenn im gegenseitigen Umgang alle Voraussetzungen für das Vertrauen erfüllt sind, bedeutet dies nicht zwangsläufig, dass wir auch tatsächlich vertrauen können. Die Fähigkeit zu vertrauen ist eine weitere Wesenseigenschaft der Liebe."

Vertrauen

„Sich füreinander öffnen zu können, erfordert Vertrauen, weil man dem anderen seine unverstellte Seele entblättert und sich damit verletzbar macht. Je mehr wir uns fürchten, von dem anderen nicht verstanden, zurückgewiesen oder verletzt zu werden, umso weniger können wir vertrauen. Es wird uns in der Folge schwerfallen, uns zu öffnen. Gleichzeitig kann uns die Liebe aber nur in dem Maße erreichen, wie wir vertrauen und uns öffnen können.

Liebe ist Vertrauen. Wo Liebe ist, gibt es keine Furcht, und dort, wo Furcht herrscht, gibt es keine Liebe. Liebe ist die Abwesenheit von Angst. Die Liebe weicht in dem Maße zurück, wie sich die Angst ausbreitet, und umgekehrt."

„Wenn ich Stella mit Melanie vergleiche, stelle ich fest, dass sich Melanie mir im Laufe unserer Beziehung eigentlich nur wenig geöffnet hat. Warum eigentlich? Hat sie mir nicht vertraut?“, frage ich.
„Könnte sein, aber das muss nicht unbedingt an dir gelegen haben, insbesondere weil Stella sich ja dir gegenüber geöffnet hat“, antwortet Dad. „Wenn ein Mensch im Laufe seines Lebens seelisch verletzt wurde, kann das dazu führen, dass er sehr lange braucht, bis er Vertrauen aufbaut, um sich *öffn*en zu können. Manche Menschen sind aus Angst, nochmals verletzt zu werden, bewusst oder unbewusst nicht mehr in der Lage, sich zu öffnen. Sie haben um ihr Innerstes eine dicke Schutzmauer erschaffen, die sie vor neuerlichen schmerzhaften Verletzungen ihrer Seele schützen soll.“
„Das würde dann bedeuten, dass Melanie tatsächlich irgendwann in ihrem Leben seelische Verletzungen erlitten hat. Dieser Aspekt an ihr war mir bislang noch nie in den Sinn gekommen. Aber wenn ich jetzt so darüber nachdenke, hat sie immer, wenn ich etwas über ihre Vergangenheit erfahren wollte, alles in rosafarben Farben dargestellt oder ist meinen Fragen ausgewichen und hat schnell das Thema gewechselt. Vielleicht bin ich da immer an ihrer inneren Mauer abgeprallt, von der du gerade gesprochen hast?“, erwidere ich.
„Könnte gut sein. Wir werden später noch auf die Verletzungen der Seele und ihren Auswirkungen zu sprechen kommen“, entgegnet Dad und liest weiter vor.
„Unsere Fähigkeit zu vertrauen, uns zu öffnen, empathisch und wahrhaftig zu sein, spiegelt sich in der Liebe wider, die wir uns selbst entgegenbringen.“

Eigenliebe

„Mit Eigenliebe ist die umfassende Kenntnis und Bejahung des eigenen Wesens aus der Tiefe des eigenen Herzens gemeint. Sie ermöglicht es uns,

aus uns selbst heraus zu blühen und uns selbst ein Quell der Freude und des Glückes zu sein.

Wenn wir unser Wesen aus dem eigenen Herzen heraus bejahen, tragen wir keine Furcht vor Zurückweisung in uns. Wir vertrauen darauf, von dem anderen ebenso angenommen und bejaht zu werden, wie wir uns selbst bejahen.

Weil wir unserem eigenen Wesen mit Mitgefühl begegnen, wissen wir um die Sensibilität, Empfindsamkeit und Verletzlichkeit der eigenen und damit der menschlichen Seele im Allgemeinen. Lieben wir uns selbst, haben wir uns unserem eigenen Wesen hingegeben, es dadurch in all seinen Facetten kennengelernt und durch die liebende Bejahung in uns gefestigt. Die Eigenliebe stattet uns mit Vertrauen in unser Selbst und damit mit wahrhaftem Selbstvertrauen aus, sodass wir uns gegen eine drohende Verletzung unserer Seele friedvoll abgrenzen können. *Die Eigenliebe steht deshalb der Furcht vor Zurückweisung diametral gegenüber. Sie hilft uns, unsere Begabungen zu Freude spendenden Fähigkeiten zu entwickeln. Wir übernehmen die Verantwortung für uns, vertrauen ins Leben und verwirklichen unsere Blüte.*

Ein Mensch, der sich selbst liebt, verkörpert das Wesen der Liebe und kann es deshalb auch anderen zuteilwerden lassen. Er begegnet sich selbst wie auch anderen Menschen voller Mitgefühl, Vertrauen und Hingabe, wahrhaftig und offen.“

Paps legt das Buch zur Seite und blickt mir lächelnd in die Augen, während ich versuche, meine Gedanken zu sortieren.

„Melanie hat mir immer vorgeworfen, ich würde mich selbst zu sehr lieben und würde sie deswegen nicht wirklich lieben können“, entgegne ich.

„Würdest du deine Blüte auf Kosten anderer anstreben und deren Blüte dadurch verhindern, wäre dein Verhalten egoistisch und damit selbstsüchtig oder narzisstisch. Da ich dich wirklich sehr gut kenne, weiß ich, dass du das nicht tust.

In Wirklichkeit verhält es sich also genau entgegengesetzt zu Melanies Aussage. Die Eigenliebe ermöglicht erst das Glück der gegenseitigen Liebe. Generell können wir einem anderen Menschen nur die Art des Umgangs zuteilwerden lassen, den wir auch mit uns selbst pflegen. Nur in dem Maße, in dem wir uns als sensible und mitfühlende, wahrhaftige, offene und herzliche Menschen leben und damit unser Handeln von den Wesenseigenschaften der Liebe bestimmt ist, können wir auch anderen Menschen Liebe zuteilwerden lassen.

Mittels unserer Empathie können wir zwischen Liebe und Egoismus differenzieren. Man muss sich hierzu nur überlegen, dass es einer Person, die sich selbst nicht mag und sich damit auch nicht umfassend bejaht, schwerfallen dürfte, eine andere Person umfassend zu bejahen, ohne sich dabei in einer Form minderwertig oder unterlegen zu fühlen. Würde sie umfassend geliebt werden, hätte sie wahrscheinlich sogar Schwierigkeiten, diese Liebe anzunehmen, weil dies nicht ihrem Selbstbild entspricht.

Im Gegensatz dazu wird ein Mensch, der sich selbst liebt, diese Liebe auch erwarten. Die Liebe des anderen bestätigt seine Selbstwahrnehmung, ein liebenswerter Mensch zu sein. Menschen mit mangelnder Eigenliebe wissen oft nicht, was sie für ihr eigenes Glücklich-Sein benötigen und wie sie sich dafür einsetzen können. Sie rennen oft Fantasien hinterher, wie beispielsweise, dass nur bestimmte materielle Dinge sie glücklich machen würden. Wenn sie sie erlangt haben und das Glück sich nicht erfüllt, sind sie enttäuscht. Ein Mensch, der über Eigenliebe verfügt, weiß hingegen sehr genau, was er zum Glücklich-Sein benötigt. Er verfügt über Vertrauen zu sich selbst und damit über wahres Selbstvertrauen, um sein Leben dahingehend zu verändern und zu gestalten, dass sich das Glück einstellt. Dies macht es natürlich für den Partner auch wesentlich einfacher, wenn nicht überhaupt erst möglich, ihn in seiner Blüte zu unterstützen. In diesem Sinne ist die Eigenliebe eine wichtige

Voraussetzung dafür, dass sich die Liebe zwischen zwei Menschen verwirklichen kann. Anders ausgedrückt kann sich die Liebe nur in dem Maße zwischen zwei Menschen entfalten, wie diese auch über die Fähigkeit der Eigenliebe verfügen.
Hattest du denn das Gefühl, dass Melanie mit sich selbst glücklich und zufrieden ist?“, will Paps wissen und blickt mir dabei in die Augen.
„Nein, eigentlich mochte sie sich selbst nicht so recht“, antworte ich. „Sie war irgendwie nie zufrieden mit sich selbst und wollte ständig etwas an sich ändern. Deswegen war sie auch so oft neidisch auf ihre Freundinnen. Sie dachte immer, sie seien attraktiver und vor allem liebenswerter als sie. Ich habe das nie verstanden. Sie ist hübsch, intelligent und kann unglaublich süß, charmant und zärtlich sein. Sie hat eigentlich alles, was man zum Glücklich-Sein braucht.“
„Und Stella?“, fragt Dad.
„Stella ist da wie ich. Wir haben beide sehr viel Lebensfreude und Lebenslust in uns. Sie freut sich natürlich auch, wenn ich ihr Komplimente mache. Aber sie braucht es nicht, um sich von einer schlechten Laune zu befreien, die sie im Gegensatz zu Melanie ohnehin fast nie hat. Ich würde sagen, sie ist im Wesentlichen mit sich selbst zufrieden und glücklich. Demnach würde ich wagen zu behaupten, dass sie sich selbst im Gegensatz zu Melanie deutlich mehr liebt. Wenn ich so darüber nachsinne, war Melanies Unsicherheit bzw. mangelnde Eigenliebe der eigentliche Grund, warum die Beziehung sehr schwierig war und wir uns schlussendlich getrennt haben.“
„Als ich jung war, hatte ich auch zwei oder drei kürzere Beziehungen, die schlussendlich daran gescheitert sind, dass meine Partnerinnen unsicher waren, weil sie sich selber nicht annehmen bzw. lieben konnten“, erwiderte Dad. „Irgendwann später, als ich das Scheitern der Beziehungen für mich aufgearbeitet hatte, ist mir bewusst geworden, dass sie genau aus diesem Grund auch Schwierigkei-

ten hatten, mich so anzunehmen, wie ich war. Das hat dann dazu geführt, dass sich meine Verliebtheitsgefühle sich nicht in Form von Liebe verfestigt haben. Aber ich habe auch eine Beziehung gehabt, bei der es andersherum war. Als ich in deinem Alter war, war ich mit Sandra zusammen, die damals deutlich reifer war als ich und aus heutiger Sicht auch über deutlich mehr Eigenliebe verfügte. Das hat mich wiederum verunsichert, und in manchen Augenblicken habe ich mich ihr gegenüber klein gefühlt. Schlussendlich hat dieses Ungleichgewicht zum Ende unserer Beziehung geführt. Trotzdem war die Zeit mit ihr sehr wertvoll für mich, gerade weil sie mir meine Defizite und damit mein Wachstumspotenzial vor Augen geführt hat. Nachdem ich den Trennungsschmerz überwunden hatte, hat mich diese Beziehung dazu motiviert, meinen eigenen Weg zu mehr Eigenliebe zu suchen und zu beschreiten. Damals habe ich erkannt, dass wir andere nur in dem Maße lieben können, wie wir uns selbst lieben können", erklärt Paps und zitiert aus dem Buch:
„Unser Maß an Eigenliebe drückt unsere Befähigung aus, uns selbst und damit auch anderen das Wesen der Liebe zuteilwerden zu lassen.

Wo Liebe präsent ist, existiert Eigenliebe, und wo es keine Eigenliebe gibt, kann auch keine Liebe existieren."

Die Liebe und ihre Wesenseigenschaften

„Wir hatten eingangs gesagt, dass sich das Wesen der Liebe aus einer Reihe von Wesenseigenschaften konstituiert, die sich zum Teil gegenseitig bedingen bzw. voneinander abhängen und wie ein Organismus zusammenwirken", fasst Dad zusammen und liest dann weiter vor:

„Die Liebe tritt in Erscheinung durch

- *die Abwesenheit von Egoismus,*
- *allumfassendes Mitgefühl und damit die Abwesenheit von Gefühlskälte,*
- *Wahrhaftigkeit und damit die Abwesenheit von Falschheit,*
- *gegenseitige Hingabe,*
- *Offenheit und damit als Abwesenheit von Verschlossenheit,*
- *Ehrlichkeit und damit als Abwesenheit von Lüge,*
- *Vertrauen und damit die Abwesenheit von Furcht bzw. Angst.*

Das Mitgefühl ist dabei die zentrale Wesenseigenschaft. Sie ist das Herz des Organismus.

Je mehr wir einander in einer zwischenmenschlichen Beziehung gegenseitig das Wesen der Liebe zuteilwerden lassen und fähig sind, den anderen aus der Tiefe unseres Herzens zu bejahen und in seinem Glücklich-Sein zu unterstützen, umso mehr verwirklicht sich die Liebe in uns, die das Gefühl der Liebe füreinander entstehen lässt. Die Liebe ist universell. Sie bezieht im Grunde jede zwischenmenschliche Bindung mit ein, angefangen mit der Beziehung, die wir zu uns selbst haben, und darüber hinaus die Beziehung mit unserem Ehe- oder Lebenspartner, unseren Kindern, unseren Eltern und Geschwistern, unseren Freunden und Freundinnen sowie mit allen anderen Mitmenschen.

Die Eltern, unsere Kinder und der Lebenspartner sind die Personen im Leben, mit denen wir üblicherweise am meisten Zeit verbringen. Sie lernen wir am umfassendsten dem Wesen nach kennen. Aus diesem Grund treten in diesen Beziehungen die stärksten emotionalen Bindungen in Form der Liebe auf. Die gegenseitige sexuelle Begierde und Begegnung als natürlicher Bestandteil der partnerschaftlichen Beziehung intensiviert in der Regel das füreinander empfundene Gefühl der Liebe, wie auch der Verliebtheit.

Liebe ist kein Besitztum. Sie ist nichts, was wir vom anderen einfordern können, und nichts, auf das wir ein Anrecht haben. Sie ist ein Gefühl für-

einander, das nur in dem Maße entsteht und uns Glück spendet, wie wir einander einen mit dem Wesen der Liebe korrespondierenden Umgang zuteilwerden lassen. Respektieren beide oder auch nur einer der beiden das Wesen der Liebe nicht, sei es, weil wir es nicht können oder nicht wollen, wird sich in der Folge die Liebe auch nicht entwickeln. Die Beziehung wird, insofern wir daran festhalten, nicht von Glück erfüllt, sondern unbefriedigend und freudlos sein.
Bei den Wesenseigenschaften der Liebe handelt es sich nicht um formale Regeln, deren zwanghafte Einhaltung uns das Glück der Liebe beschert, sondern um eine der Mitte des Herzens entspringende Selbstverständlichkeit im alltäglichen Umgang. Je stärker es uns gelingt, diese Wesenseigenschaften in unserem Alltag zu leben, desto größer ist unsere eigene Liebesfähigkeit. Fällt uns diese Art des Umgangs insbesondere in der partnerschaftlichen Beziehung trotz des Verliebt-Seins und der sexuellen Begierde schwer, bedeutet das, dass unsere Liebesfähigkeit oder die des Partners eingeschränkt ist. Die Liebe kann nicht entstehen. Der Fortbestand der Beziehung ist dann gefährdet, und es droht ihr Verlust.“

Die Fähigkeit zu lieben

Das Buch beiseitelegend fährt Dad fort: „Lieben ist eine Fähigkeit, über die wir in dem Maße verfügen, wie wir uns selbst lieben können. Nur in diesem Maße können wir andere lieben und auch von ihnen geliebt werden.“
„Jemandem, der egoistisch ist, nur schwer vertraut und sich nicht öffnen kann, kann die Liebe dann nicht zuteilwerden?“, frage ich ungläubig nach.
„Sagen wir lieber, sie kann ihm nicht in dem Maße zuteilwerden wie einem wahrhaft Liebenden.“
„Ich störe mich immer noch daran, dass die Menschen unterschiedlich befähigt sein sollen zu lieben“, erwidere ich.

„Stell dir vor, du hast dich in eine Frau verliebt. Ihr lernt euch kennen, und es stellt sich nach und nach heraus, dass sich ihr Wesen durch die der Liebe entgegengesetzte Eigenschaften auszeichnet", kontert Dad. „Sie ist egoistisch und versucht, dir unmissverständlich vorzugeben, wie du zu sein hast und was du zu tun hast. Sie zeigt kein Mitgefühl, kann sich also nicht in deine Gefühle hineinversetzen. Beispielsweise sieht sie nicht, dass du traurig bist, weil sie dir das Surfen vermiest oder du wütend auf sie bist, weil sie nicht ehrlich ist und dich anlügt. Wahrhaftig ist sie ebenfalls nicht, weil sie ihren Versprechungen dir gegenüber nie die entsprechenden Taten folgen lässt. Sie vertraut dir nicht und beginnt dich deswegen bei allem, was du tust, zu kontrollieren. Außerdem ist sie sehr verschlossen und gibt nichts von sich preis. Könntest du dich, selbst wenn du dich in diese Person verliebt hättest, von ihr geliebt fühlen und mit ihr glücklich werden?", fragt Dad und schaut mich dabei intensiv an.
„Paps, ich glaube, ich würde mich nicht geliebt fühlen und könnte sie deshalb auch nicht wirklich lieben. Außerdem erinnert mich das in Grundzügen an Melanie, von der ich mich im Endeffekt auch nicht geliebt fühlte."
„Genau das ist der Punkt", antwortet Dad. „Du fühlst dich von ihr in deinem Wesen nicht gesehen, nicht bejaht und damit nicht geliebt. Obwohl du selbst über eine umfassende Liebesfähigkeit verfügst, kann die Liebe nicht entstehen, weil diese Frau nicht fähig ist zu lieben. Sie hegt vielleicht Verliebtheitsgefühle für dich und ist deswegen an dir interessiert, aber ein Verliebtheitsgefühl ist noch lange keine Liebe!"
„Zumindest würde das erklären, warum so viele Beziehungen unglücklich verlaufen und scheitern", räume ich ein.
„Du kennst doch das christliche Gebot der Nächstenliebe, oder?"
„Liebe deinen Nächsten wie dich selbst?" entgegne ich.
„Ja, und wenn wir uns selbst nicht lieben können, können wir unseren Nächsten auch nicht lieben", bestätigt Dad.

„In Anbetracht des ganzen Leids auf der Welt scheint es wenig Nächstenliebe zu geben“, folgere ich.

„Ja, genau dies ist die traurige Wahrheit: Es ist leider um die Eigenliebe der Menschen und generell um ihre Fähigkeit zu lieben nicht gut bestellt“, resümiert Paps. „Das Glücksversprechen der Liebe orientiert sich an einer Beziehung zweier Menschen mit uneingeschränkter Liebesfähigkeit. Die Sehnsucht danach ist immer vorhanden, wenn wir uns verlieben. Inwiefern es sich in der Realität der Beziehung dann bewahrheitet, hängt von der Liebesfähigkeit beider ab. Ist diese Fähigkeit bei beiden unterschiedlich ausgeprägt, wird auch die Erwartung an den Umgang miteinander jeweils eine andere sein. Dies wird zu Unzufriedenheit und über kurz oder lang zu Konflikten innerhalb der Beziehung führen.

Die Dauerhaftigkeit einer Beziehung hängt in entscheidendem Maße davon ab, ob beide ähnlich liebesfähig sind. Das Gefühl der Liebe füreinander und damit das Glück der Liebe ist umso größer, je stärker und umfassender die Liebesfähigkeit beider ausgeprägt ist. Wir werden uns aber diesem Thema später noch ausführlicher widmen.

Die vollständige Liebesfähigkeit ist jedem Menschen kraft seiner Zeugung zu eigen. Sie ist das Göttliche, das in jedem einzelnen Menschen wohnt. Leider kommt sie den Menschen im Laufe ihres Lebens in unterschiedlichem Maße abhanden.“

„Kann man die vollständige Liebesfähigkeit wieder zurückerlangen?“, frage ich neugierig.

„Ja. Da wir sie im Kern nie verlieren können, können wir auch wieder jederzeit zu ihr zurückfinden“, antwortet Paps. „Im nächsten Schritt werden wir uns zunächst damit auseinandersetzen, wie sie abhandenkommt. Mit dieser Einsicht können wir dann auch leichter erkennen, wie man wieder zu ihr zurückfinden kann. Vorher möchte ich dich aber noch mit der paradoxen Natur der Liebe vertraut machen.“

Die paradoxe Natur der Liebe

„Und was ist nun an der Liebe paradox?, frage ich irritiert nach.
„Die Liebe erscheint rein mit dem Verstand betrachtet, ebenso wie ein Paradox, widersprüchlich und unlogisch. Man versteht sie erst dann, wenn man die reine Logik des Verstandes überwindet. Am anschaulichsten erkläre ich es dir anhand einiger Beispiele.
Es heißt ja:

‚Das Glück der Liebe verdoppelt sich, wenn man es teilt.'

Die Logik des Verstandes und der Mathematik sagt uns hingegen, dass sich alles halbiert, was wir teilen. Mit der Liebe verhält es sich aber anders."
„Das kann ich nur bestätigen", sage ich und muss dabei grinsen.
„Teilen zwei Menschen ihr Glücklich-Sein miteinander, verdoppelt es sich für beide. Voraussetzung hierfür ist allerdings, dass man für sich alleine glücklich ist. Fehlt das auf der Eigenliebe beruhende Glück, kann man es auch nicht teilen und es kann sich folglich auch nicht verdoppeln. Und obwohl uns die Logik also sagt, dass es nicht möglich ist, wissen wir doch aus Intuition, Gefühl und Erfahrung, dass diese paradoxe Aussage trotzdem richtig ist.
Die paradoxe Logik der Liebe steht der Verstandeslogik diametral gegenüber. Sie lässt sich nur aus dem Zusammenspiel von Gefühl und Intellekt und damit weder ausschließlich mit dem reinen Verstand noch durch das reine Gefühl verstehen. Ansonsten könnten wir sie ja rein logisch erklären.

Das ist wie in der Quantenphysik. Elektronen verhalten sich unter bestimmten Umständen wie Teilchen und unter anderen Umständen wie Wellen. Unser Verstand beharrt darauf, dass es entweder das eine oder das andere sein muss, aber die in Tausenden von Experimenten wurde bewiesen, dass das Elektron sowohl das eine als auch das andere ist. Diese Dimension des Sowohl-als-auch ist mit reiner Vernunftlogik nicht zu begreifen.
Mit der Liebe verhält es sich genauso, und ihre Paradoxa erschließen sich uns dann, wenn in uns Verstand und Mitgefühl ausbalanciert sind und stimmig ineinandergreifen. Dann wird das scheinbar Unlogische plötzlich logisch und wir begreifen das Wesen der Liebe. Im Übrigen werden diese Paradoxa oft im Zen-Buddhismus verwendet. Da werden sie Koan genannt, und die Zen-Meister nutzen sie, um den Zen-Schülern den Weg zur Erleuchtung zu weisen.
Man könnte auch sagen: Die Liebe stellt durch ihre paradoxe Natur sicher, dass sie nicht zum alleinigen Spielball der Worte, logischer Argumente oder auch der Gefühle wird“, erklärt Dad und zwinkert mir dabei schelmisch zu.
„Klingt logisch, aber ich sage wohl besser: einleuchtend“, erwidere ich. „Und über die Quantenmechanik hatte ich letztens auch gelesen, dass sie stark von unserer logischen intuitiven Alltagserfahrung abweicht und es deshalb herausfordernd ist, sie zu begreifen.“
„Mit der Liebe verhält es sich ähnlich. Ein weiteres Paradoxon ist:

Liebe bindet uns, weil sie uns frei macht“,

fährt Dad fort. „Für unseren Verstand ist das unlogisch, weil alles, was bindet, uns unfrei macht. In der Liebe verhält es sich allerdings anders.“
Ich glaube, das Paradoxon zu verstehen, und versuche mich an einer Erklärung: „Ich liebe jemanden. Weil sich derjenige nicht sicher ist,

ob er mich ebenso liebt, gebe ich ihn frei und lasse ihn wie einen Vogel fliegen. Liebt er mich wirklich, wird er sich an mich gebunden fühlen und zurückkehren. Und zwar vielleicht gerade deswegen, weil ich ihn freigelassen habe und nicht versucht habe, ihn egoistisch gegen seinen Willen an mich zu binden. Ist es das, was du damit meinst?“

„Das, was du gesagt hast, ist richtig und eine sehr gute Erklärung“, entgegnet Paps. „Ich hatte allerdings an etwas anderes gedacht. Die Liebe nimmt uns die Angst und schenkt uns das Vertrauen, wodurch sie uns wahrhaft frei macht, unser Glück zu verwirklichen. Aus diesem Grund fühlen wir uns ihr verpflichtet und an sie gebunden.“

„Mit dem Wissen um das Wesen der Liebe verstehe ich, was du meinst. Insofern leuchten mir diese Paradoxa ein“, sage ich.

„Und diese Paradoxa gibt es in den unterschiedlichsten Schwierigkeitsabstufungen“, betont Dad. „Die beiden, die wir bisher behandelt haben, gehören eher zur leicht verständlichen Kategorie.“

„Und ein schwieriges Paradoxon wäre?“, antworte ich herausfordernd.

„Buddha sagte einmal zu seinen Anhängern: ‚Und wenn ihr einen Buddha erblickt, dann tötet ihn.‘“

„Wie kann er fordern, dass sie ihn umbringen sollen?“, frage ich erstaunt.

„Er sagte nicht, sie sollen *ihn* töten, sondern einen Buddha, also einen *wie ihn*“, erwidert Dad.

„Warum? Wollte er niemanden neben sich dulden?“, hake ich weiter nach.

„Der Buddha war ein Erleuchteter und damit ein Wissender und Liebender. Er hätte es niemals zugelassen, dass jemand in seinem Auftrag ermordet wird. Der Mord ist die Negation der Liebe, weil

er den anderen des Lebens beraubt, anstatt ihm das Glück und die Blüte des Lebens zu schenken“, führt Dad weiter aus.
„Stimmt, darüber hatten wir ja vorher gesprochen. Hm, ehrlich gesagt habe ich keine Ahnung, was er damit gemeint haben könnte. Wie lautet die Auflösung des Rätsels?“, bohre ich ungeduldig nach.
„Du sollst die Lösung selbst finden. Denke einfach in Ruhe nach, es besteht ja keine Eile“, entgegnet Paps.
Das Buddha-Gleichnis bereitet mir im Gegensatz zu den ersten beiden Paradoxa ernsthafte Verständnisschwierigkeiten. Ich knurre ein wenig vor mich hin, während mich Paps an seinem Wasserglas nippend angrinst.
„Grins nicht so! Wahrscheinlich ist es total einfach. Es ist immer alles einfach, wenn man weiß, wie es funktioniert. Nur habe ich gerade keinen Schimmer davon, was der Buddha damit gemeint haben könnte.“ Ich blicke zum Himmel und stelle fest, dass die Sonne ihren höchsten Punkt erreicht hat. Es muss wohl gegen ein Uhr sein. Wir sitzen jetzt also schon seit etwa drei Stunden auf der Terrasse. „Dad, so langsam bekomme ich Hunger, du auch?“
„Es geht mir genauso. Ich werde uns ein paar leckere Sandwiches machen“, schlägt Dad vor und erhebt sich von der Liege. Ich sehe ihm hinterher, wie er in Richtung Küche davonspaziert. Woher er nur all das weiß? Ich nehme mir staunend vor, ihn bei passender Gelegenheit danach zu fragen.

Zusammenfassung

Ich lehne mich auf meiner Liege zurück, blicke auf die Horizontlinie, an der sich Himmel und Meer berühren, und sinne über den Inhalt unserer Unterhaltung nach.
Sich zu verlieben bedeutet, unsere Sehnsucht nach Liebe auf eine andere Person zu projizieren, was durchaus mit starken Gefühlen der Begierde einhergehen kann.

Liebe ist hingegen die gegenseitige allumfassende Bejahung des Wesens des anderen aus der Tiefe des Herzens und die gegenseitige Unterstützung der Blüte und des Glücklich-Seins. Verlieben und Liebe sind zwei grundsätzlich verschiedene Dinge, obwohl aus der Verliebtheit Liebe entstehen kann.
Die Liebe zwischen zwei Menschen entsteht nur in dem Maße, in dem sich beide im gegenseitigen Umgang das Wesen der Liebe zuteilwerden lassen und einander frei von Egoismus, mit aufrichtigem Mitgefühl und Hingabe, wahrhaftig, aufrichtig, offen und vertrauensvoll begegnen.
Lieben ist eine Fähigkeit des Menschen, die ihm in dem Maße zu eigen ist, wie er sich selbst das Wesen der Liebe zuteilwerden lassen kann. Vergegenwärtigt man sich, wie unterschiedlich die Menschen im Alltag sind, dann kommt man zu dem Schluss, dass sie in unterschiedlichem Maße über Liebesfähigkeit und damit über Eigenliebe verfügen.

Dad, den ich in meine Gedanken versunken gar nicht zurückkommen gehört hatte, stellt einen Teller mit Sandwiches auf den Tisch.
„Mmh, die sehen aber lecker aus“, bemerke ich erfreut.
„Lass es dir schmecken.“
Nach einigen Minuten der Stille und noch den letzten Bissen kauend, frage ich Dad, warum die Liebesfähigkeit so unterschiedlich ausgeprägt ist.
„Um das zu verstehen, setzen wir uns im nächsten Schritt mit dem Selbst des Menschen auseinander“, erklärt Dad und greift wieder zu dem Buch.

DAS SELBST - DIE QUELLE DES GLÜCKS

„Das Selbst ist die liebende Urnatur, die dem Menschen kraft seiner Zeugung zu eigen ist. In seinen Wesenseigenschaften ist das Selbst mitfühlend, hingebungsvoll, wahrhaftig, offen, vertrauensvoll und deshalb auch uneingeschränkt liebesfähig.

Das Selbst des Menschen ist Ausdruck der Liebe.

Darüber hinaus zeichnet es sich durch weitere Wesenseigenschaften und durch eine mit seinem Wesen in Sinnzusammenhang stehende Emotionalität aus. Hinzukommen Begabungen und Talente, die jedem Menschen individuell zu eigen sind."

„Aber das würde ja bedeuten, dass die Menschen ihrem Wesen nach gleich oder zumindest sehr ähnlich sind. Das glaube ich nicht. Die Menschen sind doch grundsätzlich sehr verschieden", interveniere ich.

„Sie unterscheiden sich voneinander und sind doch gleich. Dies ist ein weiteres Paradoxon der Liebe, dessen Erklärung sich uns später noch erschließen wird. Doch lass uns zunächst beim Selbst des Menschen bleiben. Es ist sehr empfindsam und sensibel. Die Eigenliebe verleiht dem Selbst die Kraft und die Stärke, sich zu schützen und sich gegen Verletzungsversuche durch andere wirkungsvoll abzugrenzen.

Wenn wir als Kinder das Licht der Welt erblicken, verfügt unser zu diesem Zeitpunkt sehr verletzliches Selbst noch nicht über eine gefestigte Eigenliebe, und es ist ihm auch noch nicht möglich, sich zu behaupten und zu schützen. Die Eigenliebe wächst mit der Zeit durch die Liebe, die dem Kind zuteilwird.

Stell es dir wie den Setzling eines Baumes vor, der gerade durch die Erdkruste bricht und dem Licht entgegenwächst. Je kleiner der Setzling ist, umso verwundbarer ist er. Beschützt ihn die Liebe, kann er zu einem schönen und starken Baum heranreifen. Dieser gesunde und kräftige Baum ist ein Sinnbild für ein durch Eigenliebe gestärktes Selbst, dem so leicht keiner etwas anhaben kann. Wird der Setzling in seiner frühen Entwicklung verletzt, wirkt sich das meist negativ auf sein gesamtes noch folgendes Wachstum aus. Anstatt groß und stark wird der Baum womöglich schwach oder gar verkrüppelt. Entsprechend verfügt das geschwächte Selbst also über wenig Eigenliebe und damit nur über eingeschränkte Möglichkeiten, sich gegen äußere Widrigkeiten zu schützen.

Durch Egoismus und damit durch die Abwesenheit der Liebe werden Aspekte des Selbst im Kindesalter verunsichert oder gar unterdrückt und damit verletzt. Durch diese Verletzung und fehlende Bejahung im Sinne der Liebe gelingt die allumfassende Bejahung des eigenen Selbst und damit eine alle Wesensaspekte beinhaltende Eigenliebe nicht mehr. In dem Maße, wie die Eigenliebe eingeschränkt ist, vermindert sich die Liebes- und Glücksfähigkeit des Menschen. Durch die Verunsicherung und Unterdrückung des Selbst verändert sich der Mensch, er entwickelt sich weg vom Selbst und hin zu dem Wesen, als dass er als erwachsener Mensch in Erscheinung tritt. Das Selbst wird aus diesem Grund auch als das unverstellte und unverletzte ‚Innere Kind' im Menschen bezeichnet", erläutert Dad.

„Gibt es eine Möglichkeit, wieder zum Selbst zurückzufinden und damit wieder liebes- und glücksfähig zu werden?", frage ich etwas unsicher.

„Ja, die gibt es, denn auch wenn das Selbst im Alltag des Menschen nicht mehr oder nur teilweise in Erscheinung tritt, ist es trotzdem immer noch in ihm existent", antwortet Dad. „Es liegt gewissermaßen im Unterbewusstsein verborgen. Grundsätzlich ist es möglich, dass der Mensch jederzeit wieder in liebenden Kontakt zu seinem Selbst tritt, auch wenn dies oft nicht ganz einfach ist. Im Gegensatz zu einem verkrüppelten Baum kann ein verkrüppeltes und damit verletztes Selbst wieder zu sich zurückfinden und sich damit in einem großen starken Baum zurückwandeln. Wir werden noch im Detail auf die Veränderungsprozesse des Selbst und deren Auswirkungen zu sprechen kommen. Im ersten Schritt benötigen wir eine genauere Vorstellung von der Natur des Selbst, das sich aus bestimmten Wesensaspekten, Emotionen und Begabungen konstituiert." Er liest weiter aus dem Buch vor:

WESEN DES SELBST

*„Der Wesenskern des Selbst umfasst im Grundsatz alle Eigenschaften, die unsere Liebes*fähigkeit und unsere Fähigkeit, *Freude und Glück zu empfinden, sicherstellen. Es handelt sich dabei um die Wesenseigenschaften der Liebe, also Empathie, Wahrhaftigkeit, Offenheit und Hingabe, ergänzt um die Intuition, Spontaneität, Kreativität und Neugierde. In der Pubertät kommt die Sexualität als weitere Wesenseigenschaft hinzu. Der Wesenskern des Selbst stattet den Menschen also mit Lebendigkeit und der Fähigkeit zu lieben aus. Es ist die Quelle seiner Lebenslust und Lebensfreude und damit seines Glücklich-Seins."*

Intuition und Vertrauen

„Das Selbst spürt mittels seiner Intuition jeweils den Unterschied zwischen Liebe und Egoismus, Aufrichtigkeit und Unaufrichtigkeit, Wahrhaftigkeit und Schauspielerei, Hingabe und oberflächlichem Interesse. Mit seiner Hilfe kann es zwischen der Liebe entstammenden, stärkenden Einflüssen und schädigenden Einwirkungen differenzieren. Die Intuition ist eine das Selbst und damit den Menschen beschützende und gleichzeitig ihn leitende sowie führende Fähigkeit. Sie speist das Vertrauen in das eigene Selbst. Wir bezeichnen dies gemeinhin als Selbstvertrauen oder Urvertrauen in das Leben. In Alltagssituationen kennen wir die Intuition als Bauchgefühl, das unsere Entscheidungsfindung in eine für uns stimmige Richtung führt, oft *ohne dass wir die Gründe hierfür verstandesmäßig und damit logisch begreifen können."*

Neugierde und Offenheit

„Der Mensch ist bei seiner Geburt unwissend. Er wird in eine für ihn absolut fremde Welt hineingeboren, die für den Neuankömmling ein neues und unbekanntes Universum darstellt. Er weiß nichts von der Beschaffenheit und den Gesetzmäßigkeiten der Natur und der vom Menschen geschaffenen Kultur, ihren Regeln, ihren Gegenständen, dem ihnen zudachten Zweck und deren Funktionsweisen. Er kann die Konsequenzen seiner Handlungen noch nicht abschätzen und kennt seine physischen und geistigen Grenzen nicht. Er weiß nichts von dem Leben innerhalb der menschlichen Gemeinschaft, den unterschiedlichen Charakteren der Menschen und deren Absichten und Art, sich zu verhalten.
Das Selbst weiß intuitiv, dass es die Welt nur erfahren und sich darin zurechtfinden kann, wenn es eigene Erfahrungen macht und daraus Einblicke und Einsichten in die Gesetzmäßigkeiten und die Beschaffenheit des Lebens und der Welt gewinnt.
Die Neugierde des Selbst ist die Triebfeder, um die Welt zu entdecken, zu erleben, zu verstehen und uns damit in ihr zurechtfinden zu können. Durch sie verbinden wir uns mit der Vielfalt des Lebens. Je mehr wir ihre Zusammenhänge verstehen, umso mehr fühlen wir uns als Teil dieser Welt und können uns von ihr begeistern und faszinieren lassen.
Die Neugierde bedarf der Offenheit des Selbst, das dem Neuen unvoreingenommen gegenübertritt, sowie seiner Intuition, die uns bei der Erkundung der Welt das nötige Selbstvertrauen schenkt und uns bei Gefahren in Schutz nimmt. Die Neugierde ist die Quelle des Staunens und der Begeisterungsfähigkeit. Durch die Lust am Entdecken entwickeln wir uns weiter und bewahren uns die Freude und die Faszination für das Leben."

Spontaneität

„Spontan zu sein, bedeutet, sich augenblicklich für eine neue Lebenssituation zu öffnen und sich auf sie einzulassen, um Neues zu erleben und zu erfahren. Durch die Teilnahme an dem Neuen, das uns in Form einer Idee, eines Handlungsimpulses oder auch durch andere bis dato unbekannte Menschen begegnet, spüren wir das Leben, das im Hier und Jetzt stattfindet.
Sobald wir beginnen, Vor- und Nachteile der Situation gegeneinander zu gewichten, haben wir unsere Spontaneität verloren. Denn diese besteht gerade darin, ohne Abwägung, alleinig der Intuition vertrauend, dem Impuls der Neugierde zu folgen und sich dem Augenblick zu öffnen. Durch die Spontaneität drückt sich unsere Lebendigkeit und damit das Leben selbst aus."

Fantasie und Kreativität

„Die Fantasie ist die Quelle unserer Ideen, denen wir mittels unserer Kreativität Ausdruck verleihen, um sie in der Welt lebendig werden zu lassen. Fantasie und Kreativität betreffen alle Lebensbereiche, egal ob das Resultat Worte, ein Spiel, ein Bild, ein Lied, eine Erfindung, Gegenstände, ein Theaterstück, eine Geschäftsidee oder sonstige Handlungen sind. Diese Eigenschaften des Selbst erlauben es dem Menschen, sich schöpferisch in der Welt auszudrücken und sich dadurch mit ihr zu verbinden. Dies lässt ihn innere Befriedigung, Zufriedenheit und Freude zu empfinden."

Sexualität

„Sobald der Mensch die Geschlechtsreife erlangt, tritt in ihm die Sexualität zutage. Wir sind ebenso sexuell wie die Natur, die uns umgibt und deren Teil wir sind. Sie ist ein naturgegebener Bestandteil unseres Wesens. Die partnerschaftliche Liebe findet in der Sexualität eine ihrer schöns-

ten Ausdrucksformen. Der Akt der körperlichen Vereinigung zweier Liebender drückt deren Gefühle, ihre Empathie und Zärtlichkeit, ihr gegenseitiges Vertrauen sowie deren Hingabe aneinander aus und schafft dadurch Freude, Glück und Entspannung. Je mehr die Liebesfähigkeit eines Menschen eingeschränkt ist, umso mehr verändert sich der Charakter des sexuellen Aktes hin zu egoistischer Triebbefriedigung. Im schlimmsten Fall werden uns durch Missbrauch und Vergewaltigung die Auswüchse des Egoismus und der damit verbundenen Liebesunfähigkeit vor Augen geführt."

Empathie, Wahrhaftigkeit und Hingabefähigkeit

„Das Wesen der Liebe findet sich in den Eigenschaften des Selbst wieder. Das Selbst verfügt über ein allumfassendes Mitgefühl, das wahrhaftig, wohlwollend unterstützender und damit liebender Natur ist. Die Empathie wird von der Intuition unterstützt. Von Kindern sagt man, sie sprechen die Wahrheit aus. Sie sind ehrlich, weil sie ihre intuitiven Gedanken unvermittelt, ohne sie abzuwägen oder zu zensieren, durch Worte ausdrücken. Das Selbst ist wahrhaftig, weil hier Gedanken mit Worten und diese mit Taten und Handlungen einhergehen. Das Selbst gibt sich völlig dem Leben hin. Seine Offenheit, sein Vertrauen und seine Hingabe sind von der Liebe getragen und entspringen der Intuition und der Empathie seiner unverstellten und unverletzten Natur."

Verstand

„Als letzte Wesenseigenschaft des Selbst ist der Verstand zu nennen. Der Verstand ist die Fähigkeit des Menschen, Zusammenhänge zwischen den Dingen zu erkennen und diese logisch miteinander zu verknüpfen. Er ist im Selbst des Wesens angelegt und entwickelt sich durch Schulung, Erfahrung und Beobachtung fort."

Zusammenfassung

„In der Zusammenschau bedeutet dies, dass sich der Wesenskern des Selbst aus Mitgefühl, Wahrhaftigkeit, Offenheit, Vertrauen, Hingabe, Intuition, Spontaneität, Neugierde, Kreativität und dem Verstand konstituiert. Sind all diese Wesensmerkmale in uns lebendig, sind sie die Quelle der Unbekümmertheit, des Ausgelassen-Seins und der Freude am Dasein sowie des Glücks, das wir in der Beziehung zu uns selbst und zu anderen Menschen erfahren."

„Aber der Mensch hat doch beispielsweise seine Kreativität auch benutzt, um Massenvernichtungswaffen zu erfinden", entgegne ich forsch, als Dad vom Buch aufschaut. „Das bedroht ja erst einmal das Glück anderer und deren Freude am Dasein oder zerstört sie sogar."
„Das ist richtig", erwidert er. „Bei einem Menschen kann etwa die Wesenseigenschaft der Kreativität sehr lebendig sein, aber gleichzeitig seine Empathie und damit seine Liebesfähigkeit beschädigt oder gar ganz abhandengekommen sein. Das kann dann der Kreativität egoistische und destruktive Züge verleihen. Der Gebrauch von Waffen ist generell ein ambivalentes Thema, weil sie sowohl für den Schutz als auch zum Angriff und zur geplanten Vernichtung von Leben eingesetzt werden können. Derjenige, der sie einsetzt, entscheidet, wofür er das tut. Ob er sie also im Sinne des Mitgefühls und damit zum Schutz oder im Sinne des Egoismus zum Angriff einsetzt. Dabei sind unsere Emotionen der Motor unserer Handlungen, egal ob wir diese anderen Menschen zeigen oder nicht. In den Emotionen drückt sich unser augenblickliches Befinden aus. Meist werden sie nach außen hin transparent durch den Charakter der durch sie stimulierten Handlungen."
„Du hattest ja vorher auch gesagt, dass Neid bei Menschen ganz unterschiedliche Reaktionen und Handlungen hervorrufen kann. Wahrscheinlich *hängt es*, ähnlich wie bei Kreativität, davon ab, ob

der Neid empathisch oder eher auf egoistische und feindselige Weise seinen Ausdruck findet“, füge ich an.

GEFÜHLSWELT DES SELBST

„Sehr treffend gefolgert“, lobt mich Dad und fährt fort: „Jeder Mensch kann viele unterschiedliche Gefühle in sich verspüren, wie Verliebtheit, Liebe, Mitgefühl, Angst, Hass und Zorn, Wut, Eifersucht, Neid, Begierde bzw. Gier, Freude und Trauer, Leid, Reue, Scham, Schuld und, einhergehend mit der Geschlechtsreife, sexuelle Begierde. Grundsätzlich sind wir alle fähig, all diese Emotionen in uns zu fühlen. Allerdings zeigen Menschen ihre Emotionen nicht in gleichem Maße und können bezogen auf ein und dieselbe Situation durchaus sehr unterschiedliche Gefühle empfinden. Der eine empfindet zum Beispiel beim Erfolg eines Freundes ausschließlich Freude, der andere hingegen Neid. Den einen motiviert der Neid dazu, selbst fleißig und erfolgreich zu werden, und ein anderer versucht, den Erfolg des Freundes zu sabotieren. Ein Mensch reagiert auf eine Beleidigung mit Gelassenheit, Ruhe oder gar einem Lächeln und ein anderer mit Wut, die wiederum in einer harmlosen Schimpftirade oder aber in Gewalt ihren Ausdruck finden kann.“

„Ich denke gerade daran, wie unterschiedlich Stella und Melanie darauf reagierten, wenn ich einem anderen Mädchen hinterhergeschaut habe oder spontan zum Surfen gehen wollte“, sinniere ich. „Die mehr oder weniger gleiche Situation hat bei beiden jeweils sehr unterschiedliche emotionale Reaktionen hervorgerufen. Ich bin also auf deine Erklärungen gespannt!“

„Die Erklärungen lassen sich finden, wenn wir uns der Emotionalität des Selbst zuwenden. Allen Gefühlen kommt im Hinblick auf das Selbst eine sinnhafte Bedeutung zu. Wird das Selbst allerdings verletzt, verändert sich oft der Kontext, in dem die Gefühle entstehen, und auch das, was der Mensch mit ihnen ausdrückt. Lass uns im ersten Schritt die Emotionalität des unversehrten Selbst betrachten", erwidert Dad und greift zum Buch, um daraus vorzulesen.

Liebe

„Das Selbst ist der Ausdruck einer bedingungslosen Liebesfähigkeit. Deshalb kann das Selbst das Gefühl der Liebe auch uneingeschränkt in sich spüren. In dem Maß, in dem die Liebesfähigkeit vermindert ist, schwindet dessen Gefühlsintensität."

Mitgefühl

„Das Selbst ist aufgrund seiner Liebesfähigkeit zu uneingeschränktem Mitgefühl fähig. Je mehr der Mensch in seinem Selbst verletzt wird, umso mehr verliert er seine Liebesfähigkeit und damit auch seine Fähigkeit, empathisch zu fühlen und zu handeln."

Freude

„Dem Selbst ist die Fähigkeit zu eigen, tiefe innere Freude zu empfinden. Es bezieht sie aus der Liebesfähigkeit, Intuition, Neugierde, Spontaneität und Kreativität sowie der Hingabe. Je mehr diese Wesensmerkmale verunsichert und unterdrückt sind, umso weniger ist der Mensch fähig, Freude zu empfinden."

Wut

„Die Wut ist eine natürliche Schutzreaktion des intakten Selbst, um sich gegen einen Umgang zur Wehr zu setzen, der nicht dem Wesen der Liebe entspricht. Mittels ihrer artikuliert das Selbst sein Bedürfnis nach einem der Liebe gemäßen Verhalten und macht sein Gegenüber auf dessen

unachtsames bzw. egoistisches Verhalten aufmerksam. Ziel dabei ist es, das Gegenüber dazu zu bringen, dieses Verhalten zu erkennen und davon abzulassen. Wurde das Selbst allerdings durch die Wut eines anderen verletzt, kann sich bei dem verletzten Menschen der Kontext, in dem die Wut bei ihm entsteht, und die Absicht bzw. das Ziel, das der Mensch mit seiner Wut verfolgt, ändern."

„Entschuldige, dass ich dich unterbreche, aber wie können sich der Kontext und die Absicht der Wut ändern?", will ich wissen.
„Für den unterschiedlichen kontextuellen Gebrauch der Wut gibt es viele Beispiele. Im Sinne des Selbst dient sie der Abwehr des Angriffs auf das Selbst, aber du erinnerst dich sicher noch daran, dass Opa immer sehr wütend wurde, wenn du und deine Schwester beim Spielen zu laut wart. Er hat da also mit seiner Wut versucht, euer Verhalten zu steuern und zu kontrollieren", erklärt Dad.
„Ich hatte unterschwellig immer Angst vor ihm. Man musste immer auf der Hut sein, um nicht irgendetwas zu tun, was vielleicht seinen Zorn erweckt. Für mich war er immer ein Stück weit unberechenbar, und dadurch habe ich mich in seiner Gegenwart nie völlig entspannt gefühlt", entgegnete ich.
„Mir ging es als Kind genauso", fährt er fort. „Und ich hatte ihn in meiner Kindheit täglich um mich. Ich war davon traumatisiert und habe lange gebraucht, dieses Trauma wieder loszuwerden."
„Davon hast du mir noch nie etwas erzählt", antworte ich erstaunt.
„Wenn wir ein wenig mit unseren Betrachtungen über die Liebe fortgeschritten sind und du verstehst, wie sich die Absicht der Wut und der Kontext, in dem sie entsteht, ändern können, erzähle ich dir auch mehr über meine Kindheit und meine Beziehung zu deinem Opa, meinem Vater", sagt Dad und fährt mit dem Vorlesen fort.

Hass

„Das unverletzte und heile Selbst ist von der Liebe erfüllt und trägt keine Hassgefühle mit sich herum. Wird das Selbst verletzt, können Hassgefühle entstehen, die mitunter weitreichende Folgen haben."

Reue

„Wenn ein Mensch mit intaktem Selbst gegenüber anderen nicht nach den Maßgaben der Liebe handelt, wird er mittels seines Mitgefühls sein Fehlverhalten erkennen und Reue darüber verspüren. Im Allgemeinen werden wir nur in dem Maße Reue empfinden können, wie wir zur Empathie und damit zur Liebe befähigt sind."

Scham

„Das unverletzte und geliebte Selbst verspürt über sich und seine Urnatur keine Scham. Gerät dieses Selbst allerdings in Konflikt mit den Erwartungen anderer Menschen oder im weiter gefassten Sinne mit der Gesellschaft, der das Selbst möglicherweise *entgegensteht, kann dies zur Verunsicherung und damit zu Schamempfinden führen."*

Schuld

„Das unversehrte Selbst kennt keine Schuldgefühle. Sobald sich ein Mensch schuldig dafür fühlt, wie er dem Wesen nach ist, bleibt sein Selbst nicht mehr unversehrt, sondern ist zumindest verunsichert und damit verletzt."

Eifersucht

„Eifersucht ist eine Art Defizit, das wir verspüren, wenn ein anderer Mensch Aufmerksamkeit und Bejahung, also generell Zuwendung zuge-

standen bekommt, die wir gerne für uns beansprucht hätten. Sie ist die ‚Sucht, sich zu ereifern', um diese Zuwendung ebenso bzw. ausschließlich zu erhalten. Sie hat ihre Ursache darin, dass wir den anderen insgeheim für liebenswerter halten als uns selbst. Die Eifersucht ist also ein Schrei nach Liebe. Umso stärker sich das unversehrte Selbst durch die Liebe festigt und dadurch die Eigenliebe wächst, desto weniger wird die Eifersucht in Erscheinung treten, da wir uns aus uns selbst heraus geliebt fühlen."

„Das könnte erklären, warum Melanie und Stella so unterschiedlich im Hinblick auf die Eifersucht sind", assoziiere ich, während Dad weiter vorliest.

Neid

„Das Gefühl des Neids drückt aus, dass wir einen anderen Menschen in Bezug auf seine Eigenschaften oder seine Besitztümer für begünstigter und damit insgeheim für liebenswerter halten. Wenn man Neid empfindet, deutet man also automatisch auf der Oberflächenebene zutage tretende Augenscheinlichkeiten als Stellvertreter für Lebensglück und setzt diese unbewusst mit dem Maß an erhaltener Liebe gleich. Je größer das Defizit an erhaltener Liebe und damit auch an Eigenliebe ist, umso stärker wird sich das Neidgefühl in einem Menschen ausbreiten können. Neid klingt in dem Maße ab, wie das Selbst Liebe erfährt und die Eigenliebe sich dadurch festigt."

Leid

„Der Mensch vermag nicht nur körperliches, sondern auch seelisches Leid zu empfinden. Letzteres entsteht, wenn dem Selbst nicht die für sein Wachstum und seine Entfaltung notwendige Liebe zuteilwird. Fühlt sich der Mensch ungeliebt, beginnt er zu leiden, was beispielsweise in Form von Schwermut, Resignation oder Depression in Erscheinung tritt."

Trauer

„Das Selbst empfindet Trauer, wenn es dem Leid, dem Unglück oder dem Verlust der von seiner Empathie umfassten Menschen nachspürt. Die Trauer ist aber neben der Wut auch eine natürliche Reaktion des Selbst, um auf eine ihm drohende oder bereits zugefügte Verletzung aufmerksam zu machen und das damit verbundene Leid zu verarbeiten."

Angst

„Angst ist die natürliche und intuitive Reaktion des Selbst auf alles, was das Leben unmittelbar bedroht. Sie entspringt der Intuition und beschützt den Menschen. Angst ist situativ auf eine Gefahr bezogen und deshalb grundsätzlich anderer Natur als die Lebensangst, die augenblicklich nicht real existente Probleme zum Anlass nimmt, wie beispielsweise eine mögliche Krankheit oder einen Krieg in einem weit entfernten Land. Die Liebe, als Kraft des Vertrauens, kennt keine Lebensangst, sehr wohl aber den der Intuition innewohnenden Schutzmechanismus der Angst."

Sexuelle Begierde

„Die sexuelle Begierde ist eine Empfindung, die erst mit der Geschlechtsreife in der Pubertät zum Gegenstand des menschlichen Gefühlskanons wird. Lust und sexuelle Leidenschaft gehören zu den stärksten Triebfedern im Menschen. Sie gipfeln im Orgasmus und finden ihren intensivsten und schönsten Ausdruck in der gemeinsam erlebten Ektase."

Dad schaut von dem Buch auf und wendet sich mir zu: „Damit haben wir die grundlegenden Emotionen des Selbst kennengelernt, die im Folgenden noch einmal kurz zusammengefasst werden", und fährt unmittelbar mit dem Vorlesen fort, ohne mir auch nur die geringste Möglichkeit einer Intervention zu lassen.

Zusammenfassung

„Das unverletzte und heile Selbst wird im Kern von den Gefühlen der Liebe, des Mitgefühls und der Freude getragen, welche durch den Charakter seiner Handlungen offenbar werden. Das Selbst ist offen und wahrhaftig und lässt deshalb andere unmittelbar an seinen Emotionen teilhaben. Droht es verletzt zu werden, reagiert es mit Wut oder Trauer, um sich gegen eine drohende Verletzung zu wehren. Reue ist seine natürliche Emotion, wenn es erkennt, dass es jemand anderen unabsichtlich verletzt hat. Mit Angst reagiert es intuitiv auf alles, was sein Leben unmittelbar bedroht.
Verspürt ein Mensch über *vereinzelte Situationen hinaus Hass, Leid, Eifersucht, Neid, Schuld oder Scham in sich, so deutet dies auf ein verletztes und damit nicht mehr von der Eigenliebe gänzlich umfasstes Selbst hin.*
*Jesus sagte zu seinen Jüngern: ‚**Werdet wie die Kinder**.‘ Dies ist keine Aufforderung an den erwachsenen Menschen, sich wieder wie ein Kind zu gebärden und kindisch, naiv oder unwissend zu werden. Gemeint ist, der Mensch solle wieder zurückfinden zu dem heilen, unversehrten Selbst und damit zu dem von der allumfassenden Bejahung der Liebe umfangenen Selbst, das jedem Kind bei seiner Zeugung zu eigen ist. Das Selbst ist die intakte Basis unserer Liebesfähigkeit, unserer Freude, unserer Zufriedenheit und damit unseres Glücks.“*

Ich bin von dem, was Dad gerade von sich gegeben hat, erstaunt. Zwar hatte ich dieses Jesus-Zitat schon irgendwann einmal gehört, doch hatte ich mir noch nie Gedanken über dessen mögliche Bedeutung gemacht. „Was meinst du eigentlich mit unversehrtem Selbst?“, hake ich nach.
„Unversehrt meint heil oder unbeschädigt. Auch wenn der Mensch verletzt wurde, kann er durch innere Heilung wieder zu der Unversehrtheit seines Selbst zurückgelangen“, erklärt Dad.

„Dann macht es natürlich Sinn, dass Jesus uns auffordert, wieder zu unserem unversehrten Selbst zurückzukehren", folgere ich, „Die Frage, die ich mir stelle, ist, wie wir heilen und zu ihm zurückgelangen können? Auf jeden Fall scheint der Weg mit Blick auf das Chaos und den Schmerz unserer heutigen Welt weder einfach zu finden noch leicht zu beschreiten zu sein."
„Um diesen Weg finden und beschreiten zu können, muss man im ersten Schritt das Ziel benennen können, zu dem der Weg führen soll. Das ist die erste Herausforderung, um dann im nächsten Schritt seinen Weg zu diesem Ziel zu finden und zu beschreiten. Wir werden uns später noch mit diesen Themen auseinandersetzen. Lass uns aber zunächst unsere Betrachtung des Selbst abschließen, indem wir einen Blick auf die Begabungen des Selbst werfen", antwortet Dad und senkt seinen Blick, um weiter aus dem Buch vorzulesen.

BEGABUNGEN DES SELBST

„Jedem Selbst ist eine ganz spezifische Kombination unterschiedlicher Begabungen zu eigen, die dem Menschen Individualität und Unverwechselbarkeit verleihen und ihn einmalig in seinem Dasein machen. Die Begabungen können sehr unterschiedlicher Natur sein und sich beispielsweise in Form einer Begabung für Mathematik, Kunst, Handwerk, Sport, Sprache oder Musik zeigen, aber können auch darin bestehen, dass jemand einen guten Geschäftssinn hat, besonders gut zuhören kann oder eine besondere Vorstellungsgabe besitzt.
Trainiert man Begabungen, reifen sie zu Fähigkeiten heran. Damit kann der Mensch sie produktiv in sein Leben und in die Welt einbringen und dadurch Freude und Zufriedenheit erfahren. Sie ermöglichen ihm meist im Erwachsenenalter eine berufliche und damit wirtschaftliche Existenz innerhalb der Gemeinschaft der Menschen.

Kinder sind in hohem Maße darauf angewiesen, dass ihre Begabungen erkannt, unterstützt und gefördert werden. Dies ist gleich bedeutend damit, dass ihnen diesbezüglich Liebe in Form der Bejahung und Unterstützung zuteilwird und sie so ihre Fähigkeiten zur Blüte entwickeln können."

DAS SELBST ALS UNSERE GLÜCKSQUELLE

„Die Entwicklung der Begabungen zu Fähigkeiten beschert dem Menschen im Alltag Freude. Das damit verbundene Sich-glücklich-Fühlen kommt aus dem Tun.
Im Gegensatz hierzu müssen wir für das den Wesenseigenschaften entspringende Glück nichts Aktives leisten. Es entspringt alleinig dem Sein. Solange unser Wesen mit dem des Selbst deckungsgleich ist, fühlen wir uns aus uns selbst heraus geliebt, ohne hierfür etwas leisten zu müssen. Insofern ist dieses Glück als wertvoller zu erachten. Hinzu kommt, dass derjenige, der über die wesensbezogene Liebe verfügt, mit hoher Wahrscheinlichkeit auch seine Begabungen zur Blüte entwickeln wird."

„Ist man, solange man im unversehrten Selbst ruht, für immer glücklich und zufrieden?", frage ich etwas ungläubig nach.
„Das Selbst ist die Basis, sich freudig, glücklich und zufrieden fühlen zu können", antwortet Dad. „Das bedeutet natürlich nicht, dass man in jedem Augenblick seines Lebens glücklich ist. Aber man verfügt über die Kraft und das Selbstvertrauen, dass sich auch aus leidvollen Situationen heraus das Glück wieder einstellen kann. Insbesondere bei den Begabungen ist das Glück mit Arbeit an sich selbst verbunden. Wenn du beispielsweise an das Surfen denkst, dann ist das Glück, dass du dabei verspürst, auch nicht immer konstant. Es ist an die Erlangung verschiedener Entwicklungsstadien gekoppelt. Das erste Ziel war, auf einer einen Meter hohen Welle stehend bis zum

Strand zu surfen. Wie hast du dich gefühlt, als es dir das erste Mal gelungen ist?“
„Ich war total glücklich und erfüllt. Wahrscheinlich war ich in diesem Augenblick der stolzeste Mensch der Welt“, entgegne ich freudestrahlend.
„Und wie war es wenig später, als du die 1-Meter-Welle beherrscht hast?“
„Naja, ich habe mir gedacht: Wenn ich die 1-Meter-Welle surfen kann, kann ich auch die 3-Meter-Welle schaffen“, erwidere ich.
„Und was hast du getan?“
„Ich habe angefangen, meine Fähigkeiten weiterzuentwickeln, um die 3-Meter-Welle stehend surfen zu können“, antworte ich.
„Was dir ja auch gelungen ist!“
„Wie du dich vielleicht erinnerst, haben wir diesen Erfolg damals ausgiebig mit allen meinen Freunden am Strand gefeiert“, erinnere ich Dad grinsend daran.
„Das war ein ziemliches gutes Fest mit Lagerfeuer, Gitarrenmusik und jeder Menge Bier bis Sonnenaufgang“, lacht mein Vater.
„Das war es wirklich! Ich denke heute noch gerne daran zurück.“
„Und dann kam die 5-Meter-Welle. Aber was ich damit sagen will, ist, dass der Mensch zeit seines Lebens immer wieder neue Entwicklungsstadien durchläuft“, fährt Dad fort. „Diese Stadien sind dadurch gekennzeichnet, dass er ein anzustrebendes Entwicklungsziel erkennt und daran arbeitet, es zu erreichen. Er wächst, bis er das Ziel erreicht und die Aufgabe beherrscht. An die Beherrschung schließt sich dann meist eine Phase der Ernüchterung an, weil er erkennt, dass es ein weiteres darüber hinausgehendes zu erreichendes Ziel gibt. Mit den Worten der Liebe gesprochen, ist die Beherrschung eine Blüte, die man durch die Hingabe an seine Begabung erfährt.“
„Aber irgendwann kann man doch die Dinge nicht mehr steigern. Spätestens bei einer 25-Meter-Welle ist man beim Wellensurfen

aktuell an einer Grenze angelangt, bei der es für den Surfer auch sehr gefährlich werden kann. Wo liegt die Grenze?", frage ich nach.
„Eine berechtigte Frage, und die Trennlinie ist nicht immer einfach und scharf zu erkennen. Aber prinzipiell definiert die Eigenliebe die Grenze. Dort, wo unser Tun dazu führt, uns selbst oder andere zu schädigen, droht es zum Egoismus und damit ins Gegenteil von Liebe zu kippen", erläutert Paps.
„Das hieße aber auch, dass jemand, der nicht über Eigenliebe und Mitgefühl verfügt, Mühe haben wird, diese Grenze zu finden", kombiniere ich.
„Richtig gefolgert", erwidert Dad. „Das Schreiten von Blüte zu Blüte ist bei Kindern gut zu beobachten, da sie in relativ kurzer Zeit eine Menge Entwicklungen durchlaufen. Stell dir ein Baby vor, dem es plötzlich gelingt, auf allen vieren zu krabbeln. Es wird sehr erfreut darüber sein, sich eigenständig bewegen und die Welt erkunden zu können. Allerdings wird es nicht lange dauern, bis es feststellt, dass sich die Erwachsenen auf zwei Beinen fortbewegen und es dies auch können will, weil es ihm erlaubt, noch mehr zu entdecken. Es wird also sehr bald nicht mehr stolz über das Krabbeln sein, sondern sich bemühen, die nächste Entwicklungsstufe zu nehmen. Jedes Mal, wenn nach der Beherrschung die Ernüchterung eintritt, wird es sich in einer Form den Erwachsenen oder seinen Geschwistern gegenüber nicht gleichwertig fühlen und sich damit vielleicht auch ein Stück weit ungeliebt fühlen.
Leider erfahren Kinder häufig in Bezug auf ihr Wesen und ihre Begabungen nicht im gleichen Maße Liebe. Oft werden sie in Bezug auf ihre Talente mehr unterstützt als im Hinblick auf ihr Wesen. Im Allgemeinen bedarf es bei der Entwicklung der Begabungen Disziplin, die oft den Wesenseigenschaften der Spontaneität, Kreativität und Fantasie entgegensteht. Stell dir ein Kind vor, das von seinen sehr ehrgeizigen Eltern in der Entwicklung seiner vielversprechenden Talente unterstützt wird. Das Kind, das die Nachbarskinder auf der

Straße spielen sieht, möchte spontan am liebsten mit diesen herumtollen. Die Eltern lassen dies aber nicht zu, weil sie wollen, dass das Kind weiter trainiert oder lernt, um die von ihnen gesetzten Ziele zu erreichen. Die Spontaneität des Kindes wird also eher unterdrückt als geliebt. Wird der Wesenskern zugunsten der Begabungen unterdrückt, besteht für diese Kinder oft die einzige Möglichkeit, um gesehen zu werden und Zuneigung zu erfahren, darin, ihre Begabungen zu entwickeln und die erwarteten Leistungen zu erbringen. Sie werden immer das Gefühl haben, sie müssten etwas leisten und Erfolg haben, um Zuneigung zu erhalten und sich dafür geliebt zu fühlen. Da das Wesen ihres Selbst verletzt ist, wissen sie nicht, dass der Mensch im Grunde nichts leisten muss, um sich umfassend geliebt fühlen zu können.

Verschlechtert sich eines Tages die Leistungsfähigkeit dieser Menschen und bleibt damit der Erfolg und die Bewunderung durch andere aus, folgt oft der seelische Zusammenbruch. Sie halten sich für nicht mehr liebenswert, da sie nicht über die im Sein wurzelnde Liebe verfügen, die unabhängig von ihrer Leistungsfähigkeit und ihrem Erfolg immer besteht.

Oft haben diese Menschen einem starken, nahezu obsessiven Ehrgeiz und damit verbunden eine sehr hohe Leistungsbereitschaft. Im Umkehrschluss müssen nicht alle Menschen mit Ehrgeiz und hoher Leistungsbereitschaft eine derartige Entwicklung durchlaufen haben. Man kann auch gerade aufgrund seines geliebten Wesens sich seinen Begabungen intensiv hingeben und diese zur Blüte entwickeln. Eine Liebe, die sich nur auf die Begabungen bezieht, kann jedoch niemals die Eigenliebe hervorbringen, die die Basis und die Voraussetzung für das dem Wesen entspringende Glück ist. Sie wurzelt nur in dem Menschen, der den Wesenskern seines Selbst liebt.

Hinsichtlich des Wesens und der Begabungen gibt es noch einen weiteren grundlegenden Unterschied. Die Entwicklung von Begabungen erfordert meist finanzielle Ressourcen für Ausbildungsmaterialien und Unterricht. Manchmal tritt der Fall ein, dass Begabungen erkannt und bejaht, aber nicht unterstützt werden können, weil die Mittel hierfür fehlen. Ebenso können Talente im Verborgenen schlummern und erfahren deshalb keine Reaktion von außen. Im Gegensatz hierzu treten die Wesensmerkmale des Selbst immer zutage und erfahren im besten Fall Liebe und werden im schlimmsten Fall abgelehnt", sagt Dad und nimmt wieder das Buch zur Hand.

Zusammenfassung

„Die Urnatur des Menschen, das Selbst, setzt sich zusammen aus dem Wesen, den zugehörigen Emotionen und der individuellen Kombination der Begabungen, die ihm zu eigen sind. Der Wesenskern und die Emotionen des Selbst liegen allen Menschen unabhängig von Geschlecht, Ethnie, Religion oder Hautfarbe gleichermaßen zugrunde. In diesem Zusammenhang sprechen wir im Hinblick auf die Menschheit von unseren Brüdern und Schwestern.
Das Leben konfrontiert uns jedoch mit einer völlig anderen Realität, in der die Menschen sehr unterschiedlich in Bezug auf ihre Wesensnatur und Emotionalität in Erscheinung treten. Die Spanne reicht vom Liebenden bis hin zum Mörder, von Zärtlichkeit bis hin zu brutaler Gewalt. Manche Menschen wandern glücklich durch das Leben, während andere unglücklich sind und unter Depressionen leidend den Freitod wählen. Die einen zeigen nimmermüden Ehrgeiz und erreichen viel im Leben. Andere stürzen ab und landen obdachlos auf der Straße. Wir können die Realität dieser Welt mit den unterschiedlichsten menschlichen Wesensausprägungen nur dann annähernd verstehen, wenn wir die Konsequenzen der unterschiedlichen, auf das Selbst einwirkenden Einflüsse begreifen."

Mittlerweile ist es kühler geworden. Ist der Himmel am Nachmittag noch strahlend blau gewesen, ziehen nun dunkle Wolken herauf und eine kühle Brise fängt an zu wehen.

„Der Wetterbericht hat für den Spätnachmittag Gewitter angesagt, und damit könnte er recht haben“, klärt mich Dad auf. „Ich hole uns kurz ein paar Decken, damit wir es weiter hier draußen aushalten können.“ Paps springt auf und verschwindet im Haus.
Jede Menge Gedanken an das Gesagte der letzten Stunden schießen mir durch den Kopf. Ich versuche, die wesentlichen herauszufiltern und zu ordnen. Das Wesen der Liebe wird durch den Umgang miteinander offenbar. Lieben ist eine Fähigkeit des Menschen, die ihm in unterschiedlichem Maße zu eigen ist. In jedem Menschen wurzelt dennoch die liebende Urnatur, das Selbst. Es ist die Quelle der Liebesfähigkeit, der Lebensfreude, der Zufriedenheit und des inneren Glücks. Das Selbst ist im Kindesalter noch schwach und sehr verletzlich. Deshalb ist das Maß der Liebe, die es während seiner Entwicklung vom Säugling zum Erwachsenen erhält, von entscheidender Bedeutung. Der heranwachsende Mensch kann seine Eigenliebe nur durch die ihm zuteilgewordene Liebe festigen und darüber sein Selbstvertrauen, seine Glücksfähigkeit sowie seine Liebesfähigkeit entwickeln.
„Hier! Fang!“, ruft Dad, der wieder auf die Terrasse zurückgekehrt ist, und wirft mir eine Decke zu.
„Vielen Dank. Damit können wir es sicherlich noch eine Weile draußen aushalten“, entgegne ich.

WARUM DIE QUELLE DES GLÜCKS VERSIEGT

UNSER LEBENSRAUM IM KINDESALTER

„Im nächsten Schritt beschäftigen wir uns mit dem Lebensraum des Kindes“, sagt Dad, blättert gleichzeitig in dem Buch einige Seiten nach vorne und beginnt wieder vorzulesen:

„Während der Schwangerschaft bilden der Embryo und der Körper der Mutter eine Einheit, die den Fötus auf geniale Art und Weise mit der für sein Leben und Wachstum benötigten Nahrung, Wärme und Geborgenheit versorgt. Mit seiner Geburt kommt der Säugling in einer für ihn unbekannten und fremden Welt an, in der er alleine und ohne Hilfe und Schutz nicht überlebensfähig ist. Über Nahrung, Kleidung und Körperpflege hinaus hat das Kind das emotionale und seelische Bedürfnis, Liebe in Bezug auf sein Selbst zu empfangen, um sich dadurch dem Wesen nach in der Welt willkommen und freudig angenommen zu fühlen.

Durch die erhaltene Liebe entwickelt es Eigenliebe und kann damit zu einem glücklichen und liebesfähigen Menschen heranreifen. Es hofft, von den Eltern dieselbe bedingungslose Liebe zu erhalten, die es seinen Eltern von Geburt an entgegenbringt.

Das Kind erlebt seine Eltern als mächtig und über ihm stehend, weil sie all das können, was es selbst noch lernen muss. Sie sorgen für sein körperliches Wohl und kennen sich in einer komplexen und für das Kind unverständlichen Welt aus. Darüber hinaus entscheiden sie, welches Verhalten erwünscht oder unerwünscht ist und welches Maß an Zuneigung, Bejahung und Aufmerksamkeit sie ihrem Kind zuteilwerden lassen. Selbst wenn der elterliche Umgang dem Kind Unbehagen bereitet und es sich verlassen, nicht gesehen und nicht geliebt fühlt, hat es keine Möglichkeit, etwas an seiner Situation zu ändern. Es kann meist weder wirkungsvoll Kritik äußern noch das Zuhause verlassen.

Die Familie definiert seinen intimen Lebensraum, an dem es alltäglich teilhat, bis es eines Tages das Elternhaus als Erwachsener verlässt. Da es in der Regel über keine auf der Tiefenebene erfahrenen Vergleichsmöglichkeiten verfügt, prägen die alltäglich erlebten Umgangsformen innerhalb der Familie sehr stark die Art und Weise, wie das Kind in seinem Leben in zwischenmenschlichen Beziehungen agieren wird. Inwiefern es sich in seinem Selbst geliebt fühlt und folglich Eigenliebe entwickelt, hängt entscheidend davon ab, in welchem Maße die Eltern ihre Machtposition im Sinne der Liebe gebrauchen oder im Sinne des Egoismus missbrauchen.“

VERLETZUNGEN DES SELBST UND IHRE AUSWIRKUNGEN

„Bist du von allen guten Geistern verlassen!“, schreit ein wütender Mann im nachbarlichen Garten. „Hör sofort auf damit. Du hast das ganze Beet kaputtgemacht.“
Dad und ich schauen uns erschrocken an. Aus der Richtung, aus der wir den Wutanfall vernommen haben, ist nun das schluchzende Weinen eines Kindes zu hören.
„Sammle dein Spielzeug auf und dann verschwinde auf dein Zimmer“, befiehlt der Mann mit zorniger Stimme. „Ich möchte dich heute nicht mehr sehen.“
„Was ist hier los?“, hört man die Stimme einer Frau.
„Dieser kleine Bastard hat doch tatsächlich mein gestern frisch angelegtes Blumenbeet in eine Burg verwandelt“, entgegnet der Mann aufgebracht.
„Du hast gehört, was dein Vater gesagt hat. Da hilft auch dein Weinen nichts. Geh sofort auf dein Zimmer! Wir möchten dich heute nicht mehr sehen“, befiehlt auch sie mit scharfer Stimme.

Insgeheim frage ich mich, wie sich das Kind wohl jetzt fühlen mag, und erinnere mich dabei an ein Erlebnis aus meiner Kindheit. Ich war etwa sieben oder acht Jahre alt und verbrachte die Sommerferien bei meinen Großeltern. Zu meinem Großvater, der immer sehr ernst war und kaum Spaß verstand, habe ich nie eine sonderliche

Nähe entwickelt. Eigentlich hatte ich eher Angst vor ihm, weil er schnell sehr zornig werden konnte. Mehrere Male hatte ich es schon miterlebt, wie er meinem Cousin Ohrfeigen verpasste. Ich war also vorgewarnt und versuchte, mir nichts zuschulden kommen zu lassen, was seinen Zorn hätte wecken können. Meine Großmutter hingegen liebte ich über alles. Sie ließ uns alles tun, was uns Spaß machte. Wir spielten und tollten den ganzen Tag ausgelassen im Garten herum, erfanden jede Menge neuer Spiele und verbrachten glückliche Ferientage. Wenn mein Großvater abends von der Arbeit kam, mussten wir allerdings ganz leise sein und uns wie Erwachsene benehmen.

Im hinteren Teil des Gartens stand ein wunderschöner, sehr großer Apfelbaum. Die ganzen Ferien über hatte ich davon geträumt, dort ein Baumhaus zu bauen, und hatte mir schon die Aussicht von oben auf die Gärten der Umgebung ausgemalt. Äste, die mir dafür geeignet schienen, hatte ich bereits ausgeguckt. Allerdings war jeder meiner Versuche, den Baum ohne Leiter zu erklimmen, bisher gescheitert.

Am letzten Tag meines Ferienaufenthalts sah ich mit Verwunderung, aber gleichzeitig voller Entzücken eine Leiter, die an dem starken Stamm des Baumes lehnte. Der Gedanke, die Leiter hinaufzuklettern, ließ mir das Herz bis zum Hals schlagen. Plötzlich klingelte im Haus das Telefon, und ich sah Großvater mit einem Korb voller Äpfel auf dem Rücken oben aus dem Dickicht der Blätter auftauchen. Ich versteckte mich hinter einem Busch, während er die Leiter hinabstieg und eiligen Schrittes in Richtung Haus lief. Als ich ihn darin verschwinden sah, liefen meine Beine wie von alleine los. Obwohl ich sehr nervös war, verspürte ich eine unglaubliche Freude in mir. Ich konnte an nichts anderes mehr denken, als endlich die Umgebung von den Ästen des Baumes aus zu sehen. Vorsichtig stieg ich über die Leiter auf den Baum und ließ mich in einigen Metern Höhe auf einer Astgabel nieder. Nun kehrte Ruhe in mir ein, und mein Blick streifte freudestrahlend über die Grundstücke der Nachbarn.

In einem der Gärten spielten Kinder gerade Verstecken. In einem anderen fand eine Grillparty statt. Die Menschen waren sehr schick gekleidet und prosteten sich feierlich zu. Auf wieder einem anderen Grundstück war ein Ehepaar mit der Gartenarbeit beschäftigt. Er mähte den Rasen, während sie sich um die Blumen kümmerte. In der Ferne zeichnete sich die Silhouette der Stadt ab. Ich zählte die Kirchtürme und entdeckte in dem Häusermeer den Bahnhof. Die Aussicht war noch eindrucksvoller, als ich sie mir vorgestellt hatte. Ich fühlte mich glücklich und mit der Welt vereint, pfiff ein Lied vor mich hin und meine Beine baumelten im Takt hin und her.

Genau auf dem Ast, auf dem ich saß, wünschte ich mir mein Baumhaus, und begann mir auszumalen, wie es aussehen sollte. Gleichzeitig griff ich mir einen Apfel von einem der Äste und biss voller Lust hinein.

Plötzlich riss mich Großvaters zornig donnernde Stimme aus meinen Träumen: „Bist du von allen guten Geistern verlassen? Komm da sofort runter."

Erschrocken blickte ich nach unten und sah ihn mit hochrotem Kopf am Fuße der Leiter stehen. Das Apfelstück blieb mir im Halse stecken. Meine Kehle war plötzlich ausgetrocknet, und ich hatte das Gefühl, mich würge jemand. Panisch schnappte ich nach Luft. Mein Herz, das gerade noch vor Freude getanzt hatte, schnürte sich mit einem Male eng zusammen und pochte nun schwer gegen meine Brust. Die baumelnden Beine erstarrten und begannen zu zittern. Während mir die Tränen in die Augen stiegen, überkam mich ein Gefühl der Angst. In meinem Innern war die Leichtigkeit des Augenblicks der bleiernen Schwere der Schuld gewichen. Ich fühlte mich wie ein Verbrecher, der auf frischer Tat ertappt worden war.

„Na wirds bald oder muss ich nach oben kommen und dich holen", befahl er wütend von unten herauf.

Ich versuchte, wieder die Beherrschung über meine Gliedmaßen zu gewinnen, und begann, mich im Schneckentempo auf den Weg

nach unten zu machen. Obwohl das Klettern meine volle Konzentration forderte, war in meinen Gedanken die Angst präsent vor dem, was mich unten erwartete. Ich versuchte, stark zu sein, um nicht in Tränen auszubrechen.
Als ich unten ankam, hatte sich Großvater etwas beruhigt. Dennoch verpasste er mir außer der Standpauke zwei schallende Ohrfeigen und schickte mich auf mein Zimmer. Dicke Tränen quollen mir nun über die brennenden Wangen, während ich benommen Richtung Haus schlürfte. Ich fühlte mich wie ein Verstoßener und Aussätziger. An diesem Tag begann ich, Großvater ein Stück weit dafür zu hassen, dass er mir mit seiner Brutalität und Ungerechtikeit meinen Traum geraubt hatte. Ich legte mich in mein Bett und weinte den ganzen Nachmittag in mein Kissen. Niemand kam, um mich zu trösten. Ich fühlte mich einsam und litt seelisch verwundet vor mich hin. Erst als mich meine Eltern am Abend abholten, besserte sich meine Stimmung wieder etwas. Ich war froh, wieder heimzukommen. Sie hatten bemerkt, dass etwas mit mir nicht stimmte, und zu Hause angekommen erzählte ich ihnen nach langem Zögern, was geschehen war. Sie nahmen mich in den Arm und trösteten mich. Dad sagte, dass Großvater so jähzornig sei, weil dessen Vater von Krieg gezeichnet, sehr hart, verbittert und ebenfalls jähzornig war. Seine eigene, wohl auch von Gewalt geprägte Kindheit hat wohl mein Opa nie verarbeitet und überwunden und gab sie nun an die nächste Generation weiter.

„Du wirkst abwesend. Ist alles in Ordnung mit dir?“, fragt Dad.
„Ja, alles in Ordnung. Ich habe mich nur gefragt, wie sich der Nachbarsjunge wohl gerade fühlt. Die Situation erinnert mich an den Moment, als Großvater mich auf dem Apfelbaum erwischt hatte. Weißt du noch?“, antworte ich.
„Ich erinnere mich. Du warst sehr verstört, als wir dich am Abend abgeholt haben“, erwidert Dad.

„Durch Großvaters heftige Reaktion ist für mich in diesem Augenblick die Welt zusammengebrochen. Ich habe mich selten in meinem Leben so traurig, verlassen und von der Welt ausgestoßen gefühlt wie in diesem Moment. Es war ein furchtbarer Tag für mich. Der Nachbarsjunge fühlt sich wahrscheinlich gerade ähnlich", fahre ich fort.

„Erst als ich dir ein Baumhaus in unserem Garten versprochen habe, kam dein Lächeln zurück. Alle Nachbarkinder haben dich damals um dieses Baumhaus beneidet", erzählt Dad.

„Ob der Nachbarjunge auch jemanden hat, der ihn jetzt genauso tröstet wie ihr mich damals?"

„Ich hoffe es!", entgegnet Dad, „Der Junge dürfte etwa vier oder fünf Jahre alt sein. Wahrscheinlich hat die lockere Erde ihn dazu inspiriert, eine Burg zu bauen. Als frisch angelegtes Blumenbeet hat er sie sicherlich nicht erkennen können, noch weiß er, dass in dem Beet Blumen oder Gemüse wachsen sollen. Er ist spontan seiner Inspiration gefolgt und hat sich seiner Kreativität hingegeben, indem er mit seinen Händen Türme und Mauern gebaut hat. Wahrscheinlich hat das ein Gefühl der Freude in ihm ausgelöst. Alle Handlungen des unverletzten Selbst entspringen dessen Wesenskern und sind Ausdruck der liebenden Urnatur. Sie sind nicht reflektiert, und ihre Zielsetzung oder Absicht ist weder überlegt noch von dem Kind geplant. Die Handlung dient dem alleinigen Selbstzweck, das eigene Selbst zu entfalten und darüber Freude zu erfahren. Die Eltern können dieser Handlung und damit den auslösenden Wesenseigenschaften nun freudig und bejahend im Sinne der Liebe gegenüberstehen bzw. durch ihre Reaktion Indifferenz oder, wie wir gerade gehört haben, Ablehnung zum Ausdruck bringen", erläutert Dad.

WIE HASS ENTSTEHT

„Egal auf welche Art und Weise eine Ablehnung erfolgt“, fährt Dad fort, „impliziert sie den Entzug der bejahenden Liebe und wohlwollenden Aufmerksamkeit in Bezug auf die betroffenen Wesensaspekte des Selbst. Dies ruft bei dem Kind eine starke Irritation hervor. Es wird ihm völlig unverständlich sein, warum eine absichtslose, dem Selbst und damit der Liebe entspringende Handlung, die ihm selbstverständlich und natürlich erscheint und gerade noch ein Gefühl der Freude in ihm hervorgerufen hat, unerwünscht und damit falsch sein soll. Durch den Entzug der für das Selbst und die Stärkung der Eigenliebe so wichtigen Bejahung wird dem Kind sehr schmerzlich bewusst gemacht, dass diese Wesenseigenschaft des Selbst unerwünscht und damit nicht im Leben willkommen ist. Das Kind kann meist aufgrund seiner noch nicht gefestigten Eigenliebe nicht erkennen, dass die Reaktion der Eltern in Wahrheit nicht der Liebe, sondern ihren egoistischen Erwartungen an das Verhalten des Kindes entspringt. Es wird aber an der Richtigkeit und Liebenswürdigkeit des eigenen Selbst zu zweifeln beginnen und in den betroffenen Wesenseigenschaften des Selbst plötzlich verunsichert sein. Halten die Eltern an der Ablehnung der betroffenen Wesenszüge fest, entsteht ein innerer Konflikt in dem Kind. Entweder unterdrückt es die betroffenen Wesenseigenschaften fortan an sich oder es versucht, sein Selbst gegen die Eltern zu behaupten und damit seine eigene Integrität zu wahren. Vor diese Wahl gestellt wird es sich machtlos fühlen und deswegen eine tiefe Ohnmacht in sich verspüren. Es erkennt, dass es sich zwischen dem Bedürfnis, von den Eltern allumfassend bejaht zu werden, und dem Wunsch, sich die Unverletztheit des eigenen Selbst zu bewahren, entscheiden muss. Die noch schwache, das Selbst bewahren wollende Eigenliebe steht in Opposition zu der egoistischen Erwartung der Eltern. Nur wenn das Kind dieser

gerecht wird, erhält es die dringend benötigte Bejahung und Aufmerksamkeit.
Die Ablehnung durch die Eltern kann die Kinderseele in seiner Vehemenz und dem damit verbundenen Schmerz nicht lange aushalten und schon gar nicht dauerhaft bewältigen. Zum einen verspürt das Kind eine starke Sehnsucht nach wohlwollender Aufmerksamkeit und Harmonie. Zum anderen ist sein Selbst verletzt worden, weshalb es in seinem Inneren Hass verspüren wird.
Nun könnte das Kind den Hass, den es empfindet, gegen die Eltern richten, um so die Unversehrtheit des eigenen Selbst so gut wie nur möglich bewahren zu können. Damit würde sich allerdings die Auseinandersetzung zwischen Eltern und Kind fortsetzen. Ein dauerhafter Konflikt ist umso unwahrscheinlicher, je jünger das Kind ist, da es in allen Belangen seines Lebens vom Wohlwollen der Eltern abhängig ist. Noch dazu bedarf diese Haltung des Kindes einer bereits ausgeprägten Eigenliebe, die erst durch die Liebe der Eltern entsteht und ihm in diesem Augenblick gerade versagt wird.
Die Alternative hierzu besteht darin, dass es beginnt, die betroffene Wesenseigenschaft an seinem eigenen Selbst zu hassen, weil es diese für die schmerzliche Ablehnung und den Liebesentzug verantwortlich macht. Aufgrund der Ablehnung durch die Eltern glaubt das Kind, dass die betroffene Wesenseigenschaft falsch und damit nicht liebenswert an ihm sei. Der verspürte Hass hilft ihm, den unerwünschten Aspekt in sich zu unterdrücken. Tritt er nicht mehr in Erscheinung, ist der Konflikt beendet, da der Grund für die Ablehnung durch die Eltern entfällt“, erklärt Dad.
„Begünstigt durch die Macht und Autorität, die die Eltern dem Kind gegenüber innehaben“, bemerke ich
„Das Kind hält die Bejahung der Eltern für die wahrhaftigere Liebe als die noch schwache Eigenliebe, die es aus der Mitte seines Selbst verspürt“, erläutert Dad, „Unterdrückt es den unerwünschten Aspekt, normalisiert sich die Beziehung zu den Eltern wieder und

das Kind erhält wieder Anerkennung und Bejahung, auch wenn diese keine Liebe in unserem und im Sinne des Selbst ist. Genau genommen erlebt ein Kind in einer derartigen Situation einen doppelten Schmerz. Der erste wird ihm dadurch zugefügt, dass ihm die Eltern die für sein Selbst notwendige liebende Bejahung entziehen, und den zweiten erleidet es, weil es durch die Unterdrückung des Selbst seine eigene Seele verletzt. Der Umstand, dass es durch die Unterdrückung wieder die Aufmerksamkeit und das Wohlwollen der Eltern erlangt, heilt den ersten Schmerz und lindert den zweiten. Diesen wird es versuchen, zu vergessen und aus seinem Bewusstsein zu tilgen, damit der Konflikt mit den Eltern zu einem endgültigen Ende kommen kann. Mit diesem Vergessen bzw. Verdrängen zieht wieder Friede in die Beziehung ein. Die Eltern werden dies im besten Falle mit wohlwollender Aufmerksamkeit quittieren, die allerdings keine Liebe ist im Sinne der gefühlten Bejahung aus der Tiefe des Herzens. Diese lassen sie ja gerade dem Selbst des Kindes nicht zuteilwerden."

Mittlerweile sind dunkle Wolken aufgezogen, und mit den ersten Regentropfen spüre ich eine kalte Brise in meinem Gesicht.
„Komm, lass uns die Liegen unter das Vordach der Terrasse stellen", schlage ich vor. „Dort sind wir vor dem Regen geschützt und können unser Gespräch in aller Ruhe fortsetzten."
Nachdem wir alles umgeräumt haben, lassen wir uns in unsere Decken gehüllt wieder bequem nieder, während der Regen auf die Steinplatten der Terrasse prasselt.
„Und hört das Kind mit der Verdrängung auf, sein eigenes Selbst zu hassen?", knüpfe ich an unser vorheriges Thema an.
„Die Unterdrückung des Selbst ist die schwerwiegendste seelische Verletzung, die ein Mensch erleiden kann", erklärt Dad. „Der Hass bleibt so lange in ihm bestehen, bis er diesem Wesenszug wieder mit Liebe begegnet."

„Und wie tritt der Hass in Erscheinung?", hake ich nach.
„Er tritt spätestens dann zutage, wenn dieser Mensch einem anderen Menschen begegnet, der den bei ihm unterdrückten Wesenszug unbekümmert und freudig auslebt. Dann wird sich seine Seele wieder rühren. Was sein Gegenüber auslebt, hat er einst für sich als das akzeptiert, was an seinem Wesen falsch ist, und es unter seelischen Schmerzen unterdrückt. Deshalb kann er dem nicht gelassen gegenübertreten. Es ist unmöglich. Wie soll er dem anderen für diesen Wesensaspekt Bejahung, Zuneigung und damit Liebe entgegenbringen, wenn er all dies doch selbst nicht erfahren hat? Er wird diese Wesenseigenschaft an dem anderen hassen, weil er der Überzeugung ist, dass sie keine Daseinsberechtigung hat. Weil er sie an seinem Selbst hasst, hasst er diese Wesenseigenschaft auch an dem anderen und wird versuchen, sie an ihm zu bekämpfen, wie es seine Eltern einst bei ihm getan haben. Das, was er in seinem Unterbewusstsein vergraben hat, drängt dann wieder an die Oberfläche und damit ans Licht. Den wahren Ursachen des empfundenen Hasses ist sich der Mensch dabei meist nicht bewusst, weil er die Erinnerung an die einstige Unterdrückung verdrängt hat."
„Du meinst also, dass den Eltern des Nachbarjungen, als sie selber noch Kinder waren, Ähnliches widerfahren ist, sie infolgedessen Teile ihres Selbst unterdrückt haben und diese an sich selbst hassen. Und wenn das Kind diese Eigenschaften unbekümmert auslebt, tritt der Hass bei den Eltern wieder in Erscheinung und wendet sich nun gegen das Kind", folgere ich.
„Genau! Denn das, was seinem Selbst nicht gestattet war, gesteht ein Mensch einem anderen auch nicht zu. Gelingt es ihm, das Verhalten bei dem anderen abzustellen bzw. zu unterdrücken, kommt die Welt um ihn herum scheinbar wieder ins Gleichgewicht und das Hassgefühl kann innerlich wieder abklingen", fährt Dad fort.
„Aber warum beginnen sie dann nicht einfach, die unterdrückte Eigenschaft in sich zu bejahen und zu lieben?", hake ich forsch nach.

„Dann bräuchten sie nicht mehr verletzt zu sein und würden keinen Hass mehr in sich tragen. Wenn ich dich bis jetzt richtig verstanden habe, wäre das doch ein Weg, um glücklich zu werden?"

„Grundsätzlich ist deine Schlussfolgerung richtig. In der Wirklichkeit des Lebens ist es allerdings nicht so einfach möglich, eine verhasste Wesenseigenschaft von einem Augenblick auf den anderen in eine geliebte zu wandeln."

„Was macht es so schwierig?", frage ich nach.

„Solange der Mensch eine Wesenseigenschaft seines Selbst unterdrückt, hasst er diese Eigenschaft. Um eine Wandlung vollziehen zu können, müsste er im ersten Schritt erkennen, dass er das, was er hasst und im Außen bekämpft, in sich selbst bekämpft und seinem Selbst nicht zugesteht zu leben. Sein Glück bestünde also darin, genau diese Eigenschaft in sich zuzulassen, sie anzunehmen und lieben zu lernen. Dies zu erkennen, verlangt eine wahrhaft tiefe Einsicht in das Wesen der eigenen Person, die aus mehreren Gründen sehr schmerzhaft ist. Der Mensch käme während dieser Auseinandersetzung mit seinem Selbst zwangsläufig nochmals mit dem Schmerz in Berührung, den er während der Unterdrückung einst durchlitten hat. Er müsste sich vergegenwärtigen, dass ihm seine eigenen Eltern diese Verletzung zugefügt haben. Dabei würde ihm schmerzlich bewusst, dass sie ihn nicht wirklich in dem Maße geliebt haben, wie es für sein Selbst erforderlich gewesen wäre. Er ist Opfer eines Egoismus geworden, der ihn glauben gemacht hat, die betreffende Wesenseigenschaft sei falsch an ihm. Dies ist insbesondere für die Menschen schwer zu begreifen, die ihre Eltern bis dato als perfekte Menschen idealisiert haben. Und das zu erkennen und sich einzugestehen, ist mitunter ein schmerzhafter Prozess, der durchaus Hass- und Wutgefühle auf die Eltern mobilisieren kann, die es dann friedfertig zu verarbeiten gilt.

Einen weiteren Schmerz verursacht die Erkenntnis, seit der Kindheit das eigene Selbst verneint zu haben, weil man bislang der festen

inneren Überzeugung war, dies sei notwendig, um im Wesen angenommen zu werden. Der Mensch scheut den Schmerz und geht ihm, wenn er die Wahl hat, lieber aus dem Weg. Reflektiert er nicht, sondern versucht, den Wesensaspekt bei einem anderen zu unterdrücken, begreift er den anderen als Ursache für seinen Hass. Er legitimiert dadurch für sich die Unterdrückung des eigenen Selbst, anstatt das Problem bei sich zu lokalisieren. Dies ist wesentlich einfacher und vor allem weniger schmerzhaft, als den steinigen Weg der inneren Heilung zu beschreiten.
Erkennt er jedoch, dass die Ursache bei ihm liegt, übernimmt er erstmals die Verantwortung für sein Selbst und damit für sein eigenes Glück. Er vollzieht damit den ersten Schritt auf dem Weg hin zur Eigenliebe.
Du hast also im Prinzip recht, dass das Problem mit der liebenden Integration des verlorenen Wesenszugs behoben ist. Fakt ist jedoch, dass der Mensch meist große Schwierigkeiten hat und sehr unsicher dabei ist, sich seinem verlorenen Selbst in aller Konsequenz zu stellen. Mit der Unterdrückung des Selbst geht eine Einschränkung der Liebesfähigkeit einher, weil man die betroffenen Wesenseigenschaften an dem anderen hasst und sie damit nicht mehr im Sinne der Liebe bejahen kann", erklärt Dad und greift wieder zu dem Buch:

„Alles, was wir aus diesem Hass heraus bei anderen Menschen versuchen zu unterdrücken und damit bekämpfen, bekämpfen wir schlussendlich in uns selbst. Erst wenn wir die anderen und damit uns selbst nicht mehr bekämpfen, lieben wir unser Selbst und der Kampf hört auf. Wir sind dann wieder in unserem Selbst angekommen, das von Liebe und Glück erfüllt und damit friedfertig und

tolerant ist. Die Gefühle des Hasses und der Liebe stehen in Opposition zueinander, ebenso wie sich im Umgang miteinander Egoismus und Empathie gegenseitig ausschließen.

Das Gefühl des Hasses resultiert aus dem egoistischen Umgang miteinander und das Gefühl der Liebe aus dem mitfühlenden Umgang. In dem Augenblick, in dem zwei Menschen sich begegnen und Liebe füreinander empfinden, gibt es keinen Hass, und in den Momenten, in denen Hass empfunden wird, gibt es kein Gefühl der Liebe. Der Hass ist die destruktive und vernichtende Kraft des Lebens, während die Liebe die konstruktive und schaffende Kraft ist.“

Dad legt das Buch beiseite. Es herrscht Stille, ohne dass ich meine Gedanken klar fassen kann. „Aber ich hatte auch schon Hassgefühle“, murmele ich vor mich hin.
„Entschuldige, aber ich war gerade unaufmerksam. Was hast du eben gesagt?“, fragt Dad.
„Ich sagte“, und räuspere mich dabei, „ich hatte auch schon Hassgefühle. Als ich mit Melanie Schluss gemacht habe, hat sie mein Surfboard mit einem Hammer zerstört. Als ich das tags drauf entdeckt habe, habe ich einen unglaublichen Hass auf sie verspürt.“
„Verständlicherweise!“, erwidert Dad.
„Aber wer hasst, kann nicht lieben, oder?“, hake ich zögerlich nach.
„In den Augenblicken, in denen wir Hass verspüren, können wir keine Liebe empfinden. Grundsätzlich muss man aber zwischen reaktivem und wesensbedingtem Hass unterscheiden. Während der reaktive Hass durchaus Ausdruck des Selbst sein kann, resultiert der wesensbedingte Hass aus der Unterdrückung des Selbst“, erläutert Paps.
„Dad, jetzt beginnst du, mich zu verwirren“, interveniere ich.

Der wesensbedingte und der reaktive Hass

„Wir haben den Hass im Zusammenhang mit den Gefühlen des Selbst als natürliche und unmittelbare emotionale Reaktion auf eine Verletzung kennengelernt“, beginnt Dad auszuführen. „Er richtet sich auf denjenigen, der einem diese Verletzung zufügt. Dieser Hass ist mit anderen Worten reaktiv. Als Melanie dein Board zerstört hat, hat sie dich verletzt, und du hast in der Folge Hass auf sie verspürt. Das ist normal.“

„Ich war so sauer“, erzähle ich, „dass ich wutentbrannt zum Strand gefahren bin und sie am Meer entlang laufend verflucht habe. Wenn mich jemand dabei gehört hätte, hätte er mich wohl für verrückt gehalten. Aber danach ging es mir besser. Ich verspüre heute keinen Hass mehr auf sie, möchte sie aber auch nicht mehr sehen. Das zerstörte Board habe ich verschmerzt, indem ich mir damals ein gebrauchtes gekauft habe.“

„Der reaktive Hass ist immer situativ und bezieht sich auf denjenigen Menschen, der uns unmittelbar verletzt hat. Sind wir von der Eigenliebe umfasst, werden wir es uns nicht gestatten, ihn auszuleben, indem wir den anderen ebenso verletzen. Die Eigenliebe hilft uns, die Verletzung zu verarbeiten. So klingt der Hass mit der Zeit ab und verschwindet für immer.

Im Gegensatz dazu steht der durch die Unterdrückung des Selbst hervorgerufene Hass. Die Erinnerung an die einstige Verletzung, die ihn hervorgebracht hat, haben wir verdrängt und nie verarbeitet. Bis zu dem Zeitpunkt, an dem unser Selbst wieder geheilt ist, bleibt er in uns bestehen. Er ist dann zum Bestandteil unseres Wesens geworden. Deshalb nennen wir ihn wesensbedingten Hass. Abgesehen davon, dass er unsere Liebesfähigkeit korrumpiert und uns von innerer Zufriedenheit fernhält, tritt er leider auch anderweitig in Erscheinung.

Man kann seine Gefühle nicht dauerhaft unterdrücken. Sie werden über kurz oder lang zum Vorschein kommen und Ausdruck in Handlungen finden. Der wesensbedingte Hass, von dem ein Mensch nicht einmal weiß, warum er ihn verspürt, kann sich beispielsweise gegen ihn selbst richten. Der Hass findet dann in der Destruktion der eigenen Person seinen Ausdruck und gipfelt im extremsten Fall im Selbstmord. Es ist aber auch möglich, dass er ihn gegen andere richtet, die ihn nie selbst persönlich verletzt haben. Meist trifft er Menschen, die in Äußerlichkeiten von seinem eigenen Wesen abweichen. Sie werden, weil sie beispielsweise eine andere Hautfarbe haben oder einer anderen Nationalität, einer anderen Religion oder einem anderen Fußballverein angehören, als hassenswert identifiziert und deshalb bekämpft. Anhand dieser oberflächlichen Unterschiede findet der Mensch eine Erklärung und damit ein Ventil, um den für ihn in seiner Herkunft nicht greifbaren und auch nicht verständlichen Hass zu adressieren und abzureagieren. Der wesensbedingte Hass ist die Ursache für die grundsätzliche Feindseligkeit mancher Menschen und für ihre Bereitschaft zu sinnloser Gewalt.
Das Gebot ‚Liebe deinen Nächsten wie dich selbst' setzt voraus, dass man sein Selbst auch wirklich liebt. Hasst man es aber, hasst man auch die anderen und kann sie aus diesem Grund auch nicht mehr lieben", erläutert Dad.
„Ehrlich gesagt, bin ich geschockt. Alles, was du sagst, klingt für mich in sich logisch. Aber es fällt mir schwer zu glauben, dass das Unheil und das Leid, das sich die Menschen gegenseitig antun, seine Ursache darin haben soll, dass Eltern ihre Kinder hassen", entgegne ich.
„Ein unterdrückter Wesenszug erzeugt Hass, was aber nicht automatisch bedeutet, dass Eltern ihre Kinder dann in ihrer Gänze hassen", antwortet Vater. „Davon könnten wir nur dann sprechen, wenn sie bei ihrem Kind versuchen würden, alle Wesenszüge des Selbst zu unterdrücken. Nahezu alle Eltern werden bestimmte Wesensaspekte am Selbst ihrer Kindern lieben, andere durch ihr Verhalten

verunsichern und wiederum andere ablehnen und versuchen zu unterdrücken."

Unterdrückung und Verunsicherung

„Wird ein Wesenszug des Selbst seitens der Eltern abgelehnt, ist das Kind zunächst verunsichert. Ob und unter welchen Umständen es beginnt, das eigene Selbst zu unterdrücken, ist schwer zu sagen. Die individuellen und situativen Lebensumstände sind sehr komplex und vielschichtig", erklärt Dad. „Wenn wir von Eltern sprechen, gehen wir stillschweigend davon aus, dass das Kind von beiden Elternteilen in Bezug auf jeden Aspekt des Selbst die gleiche Behandlung erfährt. Dies wird in der Realität nicht der Fall sein. Sicherlich wird sich das Kind im Hinblick auf die Wesenseigenschaften des Selbst geliebt fühlen, die beide Elternteile auch an sich selbst bejahen. Die Wesensaspekte, die der eine Elternteil liebt und der andere hasst, führen bei dem Kind sehr wahrscheinlich zu Verunsicherung, vielleicht aber auch zu dessen Unterdrückung. Die gleichermaßen von Vater und Mutter gehassten Eigenschaften werden die Eltern auch an ihrem Kind ablehnen und versuchen zu unterdrücken.

Meist gibt es noch weitere Bezugspersonen wie Großeltern, Geschwister oder zum Beispiel ein Kindermädchen, was die Wirklichkeit noch komplexer gestaltet.

Mehrere Geschwister werden mit den gleichen durch die Eltern gesetzten Rahmenbedingungen unterschiedlich umgehen. Sie erleben Erfolg und Misserfolg der Brüder und Schwestern im Hinblick auf Zuwendung und Entzug von Aufmerksamkeit mit. Dies lässt sie oft alternative Anpassungs- und Handlungsstrategien bzw. Vermeidungsstrategien entwickeln.

Hinzu kommt die unterschiedliche Vehemenz der erlebten Ablehnung, die mit individuell verschieden empfundener Intensität auf die menschliche Seele einwirkt.

Ein weiterer Parameter ist die individuell unterschiedliche psychische Stärke bei Kindern. Manchmal reicht ein einziges traumatisches Erlebnis aus, und in anderen Fällen bedarf es einer Vielzahl von Anläufen, die sich vielleicht auch über Monate oder Jahre erstrecken, um das Kind schließlich dazu zu bringen, einen Aspekt seines Selbst zu unterdrücken. Bei den meisten Menschen führen Erlebnisse in der Kindheit zu geliebten, verunsicherten und eventuell auch unterdrückten Aspekten des eigenen Selbst. In der Folge bewahrt sich der Mensch hinsichtlich der geliebten Wesenseigenschaften seine Liebesfähigkeit und verliert sie in Bezug auf die unterdrückten Aspekte. Ein Kind, das alle Wesensaspekte seines Selbst unterdrückt hat, tritt ebenso selten in Erscheinung wie ein allumfassend geliebtes", beendet Dad seine Ausführungen dazu.

In einem Moment der Stille erinnere ich mich an den heutigen Morgen: „Auf meine Frage, was das Unheil der Welt mit der Liebe zwischen Stella und mir zu tun hat, hast du geantwortet: ‚Alles und nichts.' Ich glaube, ich beginne gerade den Sinn deiner Antwort zu begreifen. Es hat nichts damit zu tun, weil es dort, wo die Liebe ist, keinen Hass und damit auch kein Leid gibt, das sich die Menschen gegenseitig zufügen. Aber Hass und Liebe stehen miteinander in Verbindung, weil Hass nur in dem Maße entstehen kann, in dem die Liebe fehlt."

Dad klatscht Beifall. „Sehr gut. Respekt! Das hast du richtig gefolgert und damit das Paradoxon von heute Vormittag verstanden."

Ich bin stolz auf mich und erwidere über das ganze Gesicht strahlend: „Apropos Paradoxon – da bin ich immer noch am Rätseln, was Buddha mit der Aussage ‚Und wenn ihr einen Buddha trefft, dann tötet ihn' meinte."

„Dann bleiben wir doch zunächst mal bei unserem Thema. Vielleicht führt dich ja das weitere Gespräch, so wie gerade auch, zur Lösung."

Erscheinungsformen des Hasses

„Die durch den Hass motivierte Ablehnung des Selbst können die Eltern nun auf verschiedene Art und Weise zum Ausdruck bringen“, fährt Dad fort. „Die augenscheinlichste und vehementeste Form der Ablehnung ist die Anwendung von körperlicher Gewalt gegenüber dem Kind. Dadurch wird sein Selbst, das gerade noch absichtslos aus seiner inneren Mitte heraus gehandelt hat, eine starke Verunsicherung erfahren. Darüber hinaus wird das Kind den betroffenen Aspekt seines Selbst sehr wahrscheinlich unterdrücken, um zukünftig nicht mehr dem körperlichen und seelischen Schmerz der Gewalt ausgesetzt zu sein.“

„Da fühle ich mich bitter an die körperlich wie auch seelisch schmerzhaften Ohrfeigen von Großvater erinnert“, kommentiere ich Vaters Ausführungen.

„Unser Nachbar hat seine Ablehnung gerade eben dadurch zum Ausdruck gebracht, dass er seinen Sohn wutentbrannt angeschrien hat. Wut und Zorn sind also eine Form, wie Hass in Erscheinung treten und das Selbst des Kindes verunsichern kann. Außerdem hat er ihn als ‚kleinen Bastard‘ bezeichnet und durch diese Demütigung ein weiteres Mal seinen Hass zum Ausdruck gebracht.

Während Wut und Gewalt offensichtlich erkennbare Ausdrucksformen des Hasses sind, tritt er durch das Einflößen von Ängsten und Schuldgefühlen subtiler in Erscheinung. Die Mutter oder der Vater hätten beispielsweise dem Sohn drohen können, dass ihn der liebe Gott bestrafen wird, wenn er in der Zukunft nicht mit seinem ungezogenen Verhalten aufhört. Für den Fall, dass er sein dem Selbst entspringendes Verhalten nicht sofort unterdrückt, wird er beim Ausleben dieses Aspekts in einen Konflikt geraten. Das Bedürfnis, sein Selbst auszuleben, steht dann der von außen auferlegten und damit induzierten Angst entgegen, von Gott bestraft zu werden. Von

Freude generierender, kindlicher Unbekümmertheit kann dann nicht mehr die Rede sein.
Stellt das Kind sein Verhalten nicht ab, wird es sein eigenes Selbst dafür verantwortlich machen und sich schuldig dafür fühlen, so zu sein, wie es ist. In der Konsequenz kann es das eigene Selbst nicht aus seinem Herzen heraus bejahen und damit lieben.
Schuldgefühle können aber auch durch Schuldzuweisungen entstehen. Insbesondere wenn das Selbst für einen Umstand verantwortlich gemacht wird, der gar nicht im Zusammenhang mit dem Verhalten steht. Wenn beispielsweise die Mutter dem Kind die Schuld dafür gibt, dass es ihr schlecht geht oder ihre Ehe gescheitert ist."
„Das hört sich furchtbar und grausam an. Wenn ich mich in das Wesen des Kindes hineinversetze, fühle ich Mitleid mit ihm und verstehe, wie und warum es zu einer Verunsicherung oder gar Unterdrückung des Selbst kommen kann", entgegne ich und denke dabei wiederum an mein Erlebnis mit Großvater.
„Vor allem wenn du dir vorstellst, dass diese Vorkommnisse meist nicht einmalig sind, sondern oft über Jahre hinweg immer wieder auf das Kind einwirken", bekräftigt Dad.
„Das ist seelische Folter! Andererseits kann ich mir nicht vorstellen, dass das Selbst sofort verletzt ist, wenn die Eltern einmal mit Wut auf ihr Kind reagieren. Zumindest kann ich mich an einige Situationen erinnern, in denen du und Mum sehr wütend auf mich wart. Deswegen fühle ich mich heute aber weder verunsichert noch glaube ich, dass an mir ein Wesenszug unterdrückt ist."
„Ich habe auch nicht gesagt, dass die Wut generell etwas Falsches ist", erwidert Dad. „Beispielsweise handeln Kinder durchaus auch egoistisch, weil sie die Konsequenzen ihres Handelns noch nicht abschätzen können. Reagieren die Eltern dann wütend, damit das Kind sein Verhalten einstellt und die vom Egoismus Betroffenen vor Schaden bewahrt werden, lernt das Kind dadurch die Folgen seines

Handelns zu verstehen. In diesem Fall ist die Wut also durchaus legitim. Sie wird das Kind nicht schädigen, sondern ihm die Konsequenzen seines Verhaltens lehren."

„Also gibt es zwei Arten von Wut, eine gute und ein schlechte?", frage ich ungläubig.

„Mit der Wut verhält es sich wie mit dem wesensbedingten und dem reaktiven Hass. Die Wut kann dem wesensbedingten Hass entspringen und das Ziel verfolgen, die liebende Urnatur zu unterdrücken. Damit wird die Wut zum Werkzeug des Egoismus. Die Wut kann aber auch der Liebe dienen, und zwar wenn sie versucht, ein egoistisches Verhalten und einen daraus resultierenden Schaden zu verhindern. Es gibt also eine die Liebe bewahrende und eine den Egoismus unterstützende und damit gegen die Liebe gerichtete Wut. Die Erstgenannte kräftigt unsere liebende Urnatur, während Letztere sie zersetzt. Es ist zugegebenermaßen nicht immer leicht zu erkennen, ob die Wut der Liebe oder dem Hass dient", erläutert Dad und fährt im gleichen Atemzug fort: „Das Gleiche gilt auch im Hinblick auf die Angst und die Schuld. Einer Schuldzuweisung wegen einer unmittelbar stattgefundenen und durch Egoismus motivierten Verletzung liegt reaktiver Hass zugrunde. Insofern ist sie berechtigt. Ist sie allerdings durch den wesensbedingten Hass motiviert, fehlt diese Ursache und sie ist unberechtigt. Sie dient dann dem Egoismus, der das Selbst zu manipulieren versucht.

Gleichermaßen ist die situative von der wesensbedingten Angst zu unterscheiden. Die situative Angst ermöglicht es dem Menschen, eine unmittelbare Gefahr abzuwenden. Wesensbedingt drückt sie sich als Furcht vor dem Leben aus. Der Mensch fürchtet sich dann beispielsweise vor dem Verlust seiner Arbeitsstelle, vor Krankheit oder Krieg, obwohl es keinen offensichtlichen und nachvollziehbaren Grund gibt, an der Gesundheit, dem Job oder dem Frieden zu zweifeln. Werden derartige Ängste trotzdem geschürt, haben sie ihre Ursache in einem fehlenden Vertrauen ins Leben und damit in mangelnder Eigenliebe. Werden durch den wesensbedingten Hass Angst und Schuldgefühle induziert, fehlt die Liebe, die eine Vertrauen konstituierende und von Schuld befreiende Kraft ist."

Hass und Intuition

„Der Hass tritt also nicht immer offensichtlich und klar erkennbar in Erscheinung", resümiert Dad. „Trotzdem wird das unversehrte Selbst mittels seiner Intuition diesen Hass und die in ihm verborgene Feindseligkeit spüren. Kommt es zur Unterdrückung der unerwünschten Wesenseigenschaft, wird die Intuition des Kindes enttäuscht und aus seiner Sicht ebenfalls als falsch entlarvt. Über den Verlust des eigentlich betroffenen Wesensaspektes hinaus wird also zusätzlich die Intuition verunsichert. Im schlimmsten Fall kommt sie ganz abhanden. Die Ablehnung hat darüber hinaus weitere Folgen für die Emotionalität des Selbst", versichert Dad.

Die emotionalen Folgen der Ablehnung

„Wir haben die Wut und die Trauer als Emotionen kennengelernt, mit denen das Selbst auf eine drohende Verletzung aufmerksam machen und sich zur Wehr setzen kann", stellt Paps klar. „Nehmen wir an, die Eltern des Nachbarjungen haben dem Kind vor dem Vorfall nicht ausdrücklich verboten, in dem Beet zu spielen. Der Junge, der nicht ahnt und auch nicht wissen kann, dass es sich bei der locker herumliegenden Erde um ein Beet handelt, verleiht spontan seiner Kreativität Ausdruck, indem er mit seinen Händen das Beet in eine Burg verwandelt, was ihn sichtlich mit Freude erfüllt. Der Vater reagiert darauf mit Wut. Der Sohn, der noch gar keine Vorstellung von einem Beet hat, wird glauben, seine Fantasie wie auch die darüber verspürte Freude seien falsch. Das Selbst ist also plötzlich durch die Reaktion des Vaters in Gefahr, als falsch identifiziert und

damit verunsichert oder gar unterdrückt zu werden. Dies beschreibt die Ursprungsebene des Konflikts. Der Sohn reagiert auf die Wut des Vaters, indem er zu weinen beginnt. Damit drückt er seine Traurigkeit aus, mit der er versucht, auf eine Verletzung seines Selbst aufmerksam zu machen. Der Vater begegnet der Traurigkeit wiederum mit Wut, als er dem Sohn befiehlt, auf sein Zimmer zu verschwinden. Auf dieser nun zweiten Konfliktebene wird der Trauer des Kindes mit Wut begegnet und diese dadurch ebenso abgelehnt. Das bedeutet, dass über die auf der Ursprungsebene in Erscheinung tretenden Wesenseigenschaften der Spontaneität und Kreativität hinaus nun auch die Trauer als Emotion des Selbst eine Verunsicherung erfährt, weil sie im Sinne des Selbst nicht gesehen wird.
Die Mutter, die etwas später dazu kommt, bestätigt diese ablehnende Haltung und macht so alle Hoffnung des Kindes zunichte, seiner inneren Ohnmacht zu entkommen. Das Kind erfährt eine umfassende Ablehnung all der Eigenschaften des Selbst, die in dieser Situation zutage getreten sind. Der durch die Verunsicherung entstandene innere Konflikt kann von dem Kind nur gelöst werden, wenn es beginnt, die auf der Ursprungsebene aufgetretenen unerwünschten Aspekte seines Selbst zu unterdrücken. Die Trauer des Selbst ist verunsichert oder wird im schlimmsten Fall fortan auch von dem Kind unterdrückt werden“, verdeutlicht Dad. „Ob ein einziges derartiges Erlebnis schon dazu führt, dass das Kind seine Fantasie unterdrückt und darüber seine Fähigkeit zur Trauer verliert, ist schwer zu sagen. Dies ist, wie wir schon besprochen haben, von einer Vielzahl von Parametern abhängig.
Die Situation hätte aber auch anders verlaufen können. Beispielsweise hätte die Mutter ihren Sohn auch trösten können. Durch ihr Mitgefühl hätte er sich dann grundsätzlich im Hinblick auf seine Trauer gesehen und damit geborgen gefühlt. Dadurch wäre die Auseinandersetzung auf der zweiten Ebene erst einmal beigelegt worden.

Die Frage ist nun, wie die Eltern mit dem weiterhin bestehenden Konflikt auf der Ursprungsebene umgehen, der die Kreativität des Kindes betrifft."

Die manipulierende Liebe

„Nehmen wir an, die Eltern trösten das Kind, aber kommen nicht auf die Idee, sie trügen eine Schuld an dem Malheur, weil sie dem Kind vorher nicht erklärt haben, dass es dort nicht spielen darf, bzw. weil sie nicht darauf geachtet haben, wo es spielt. Sie geben dem Kind also weiterhin die Schuld an dem zerstörten Beet und machen ihm unmissverständlich klar, dass es nie wieder außerhalb seines Sandkasten spielen darf.

Dieses Verhalten der Eltern nennt man manipulierende Liebe, die keine Liebe im Sinne der allumfassenden Bejahung des Selbst ist. Die Eltern entziehen dem Kind für das seinem Selbst entspringende Verhalten ihre wohlwollende Bejahung. Sobald es den Wesensaspekt unterdrückt und sein Verhalten an den Wunsch der Eltern angepasst hat, erhält es von ihnen wieder Aufmerksamkeit und Fürsorge. Die Tatsache, dass das Kind für sein Wachstum das Wohlwollen und die Liebe dringend benötigt, dient den Eltern dazu, Verhaltensweisen zu erzwingen, die nicht mit seinem Selbst in Einklang stehen. Diese manipulierende Liebe dient den Eltern dazu, ihre egoistischen Erwartungen durchzusetzen", stellt Paps klar.

„Für mich ist das emotionale Erpressung", rutscht es mir heraus.

„So kann man es auch nennen", entgegnet Dad.

Der liebende Umgang

„Nun könnte es aber auch sein, dass die Eltern auf der zweiten Konfliktebene durch das weinende Kind erkennen, dass sie überreagiert haben und es eigentlich ihre eigene Schuld war, weil sie nicht auf das Kind aufgepasst oder ihm vorher verboten haben, im Beet zu spielen", veranschaulicht Dad. „Trennen die Eltern hier nicht kraft der ihnen innewohnenden Empathie klar zwischen der berechtigen Kreativität und Freude des Kindes und der von ihnen selbst zu verantwortenden Wut über das zerstörte Beet, verunsichern sie die natürlichen Empfindungen und Wesenseigenschaften des Selbst im Kind.

Sind die Eltern aber zu dieser Differenzierung fähig, erkennen sie, dass das Kind traurig ist, weil sein Selbst durch ihre Wut auf der Ursprungsebene verletzt wurde. Sie erklären ihm, dass sie zunächst wütend reagiert haben, weil für sie die Arbeit eines ganzen Tages umsonst war, betonen aber, dass das Kind keine Schuld treffe. Darüber hinaus geben sie ihm das Gefühl, dass sie grundsätzlich seine Kreativität bewundern und unterstützen. Das Kind kann dann die umfassende Bejahung seines Selbst fühlen. Der Konflikt der Ursprungsebene löst sich auf, da es sich in allen Belangen des Selbst wiedergesehen fühlt. Dieses Verhalten der Eltern zeugt von einer umfassenden Empathie, weil es die Gefühle des Kindes ernst nimmt und zwischen dessen Gefühlen und den eigenen unterscheidet. Das Kind lernt auf diesem Wege den empathischen und respektvollen Umgang mit den Gefühlen anderer kennen. In der Konsequenz kommt es weder zu einer Verunsicherung noch zu einer Unterdrückung des Selbst. Der Konflikt hat auf allen Ebenen sein Ende gefunden und der Kreis der Liebe ist wieder hergestellt.

Liebe zeigt sich in einer allumfassenden und damit alle Konfliktebenen einbeziehenden Empathie.

Natürlich hätten die Eltern auch von Anfang auf liebevolle Weise reagieren können. Ihnen wäre dann unmittelbar bewusst gewesen, dass das Kind das Beet nicht als solches erkennen konnte. Es war ausschließlich ihr eigener Fehler, das Kind unbeaufsichtigt in der Nähe des Beetes spielen zu lassen. Mit dieser Haltung hätten sie der Situation mit einer großen Portion Humor begegnen und sich freuen können über die Unbedarftheit des Kindes und über die Fantasie, mit der es seiner Freude Ausdruck verleiht. Diese Reaktion wäre von Anbeginn an von umfassender Empathie und Liebe in Bezug auf das Kind geprägt gewesen", erläutert Dad.

„Angenommen, der Sohn", frage ich neugierig nach, „hätte auf der zweiten Konfliktebene auf die Wut des Vaters hin sein Spielzeug wütend um sich geworfen und wild um sich geschlagen, also im Sinne des Selbst mit Wut reagiert, um sich zu wehren. Was wäre dann passiert?"

Dad denkt kurz nach, bevor er antwortet: „Das hätte den Vater wahrscheinlich noch mehr in Rage gebracht. Der Wut des Kindes hätte dann die gesteigerte Wut des Vaters entgegengestanden. Wahrscheinlich würde das Kind spätestens dann in Tränen ausbrechen, wenn es feststellt, dass sich niemand seiner Wut annimmt.

Ist das Selbst der Wut der Eltern ausgesetzt, wird dadurch die Wut des Kindes als Möglichkeit der Gegenwehr verunsichert. Im Zweifelsfalle hält es den Ärger der Eltern für berechtigter als die seinem noch schwachen Selbst entspringenden Wutgefühle.

Sobald das Kind den unerwünschten Wesenszug schlussendlich in sich unterdrückt, wird es über diese Wesenseigenschaft hinaus auch seine Wut als falsch identifizieren. Die Wut als schützende Emotion des Selbst ist damit verloren. Das Kind verinnerlicht sie als Emotion, mittels derer sich unerwünschte Aspekte bei anderen Menschen bekämpfen lassen.

Die Wut erfährt damit eine Kontextumdeutung, weil sich ihre Sinnhaftigkeit und Zweckmäßigkeit in das Gegenteil verkehren. Sie wird zum Werkzeug des wesensbedingten Hasses und damit des Egoismus", verdeutlicht Paps.

Unterdrückte Wut

„Und was passiert, wenn die Eltern auf der Ursprungsebene autoritär und zurückweisend reagieren, ohne Wut zu zeigen?“, bohre ich weiter nach.
„Wenn es sich die Eltern nicht gestatten, ihren Hass mittels Wut zum Ausdruck zu bringen, liegt es nahe, dass diese Emotion bei ihnen unterdrückt ist. Dann hassen sie die Wut und werden deshalb auch ihrem Kind nicht zugestehen, wütend zu sein. Nehmen wir an, dass das Kind trotzdem auf der zweiten Konfliktebene mit Wut reagiert, dann könnten die Eltern beispielsweise mit emotionsloser Autorität in einem ruhigen, aber scharfen Ton erwidern: ‚Du bist ein sehr ungezogenes Kind, und es ist sehr unverschämt von dir, wütend auf unsere Anordnungen zu reagieren! Unterlasse das gefälligst! Gehe sofort auf dein Zimmer, ich möchte dich heute nicht mehr sehen!‘
Das Kind wird beginnen, an seiner eigenen Wut als berechtigtem Gefühl im Sinne des Selbst zu zweifeln. Es könnte jetzt die Wut zu einem Tobsuchtsanfall steigern, aber würde damit wahrscheinlich ebenso wenig Gehör finden. Da der Konflikt auf der zweiten Ebene nicht gelöst ist, folgt die dritte Ebene, auf der das Kind sehr wahrscheinlich mit Traurigkeit reagiert und zu weinen beginnt. Erreicht es damit das Mitgefühl der Eltern, endet die Auseinandersetzung vorerst“, erklärt Paps.
„Ihr habt mich damals getröstet, was mir sehr geholfen hat, die für mich verletzende Auseinandersetzung mit Großvater zu vergessen“, betone ich und frage mich: „Wie muss sich ein Kind fühlen, dessen Selbst abgelehnt wird und dessen Versuche, eine drohende Verletzung abzuwehren, nicht gesehen und verstanden werden?“.
„Es fühlt sich ausgestoßen, ausgegrenzt und ohnmächtig, also völlig machtlos, weil es nicht der sein darf, der es ist“, bekräftigt Dad, „nämlich es selbst und damit ein im Wesen zum Glücklich-Sein befähigter Mensch, der seine Lebensfreude zum Ausdruck bringen möchte.

Wird es, obwohl es die unerwünschten Wesensaspekte in sich unterdrückt und sein Verhalten an die Erwartungen der Eltern angepasst hat, weiterhin abgelehnt, ist dies für das Kind nur sehr schwer, unter Umständen auch gar nicht zu ertragen. In diesem Fall verachten die Eltern das Kind und bringen damit ihre grundsätzliche Feindseligkeit zum Ausdruck. In der Konsequenz kapituliert das Kind vor dem Leben und stürzt in eine noch tiefere innere Ohnmacht. Die direkte Ablehnung ist allerdings, da ihr der manipulierende Charakter fehlt, deutlicher und klarer zu erkennen als die manipulierende Liebe. Wenn das Kind dann intuitiv zu erkennen vermag, dass es keinen Unterschied macht, ob es sein Selbst auslebt oder nicht, kann diesem auch neue Kraft zuwachsen, sich zu behaupten. Die Ablehnung findet in der Verachtung ihren extremsten Ausdruck. In der Realität ist die allumfassende Ablehnung allerdings ein sehr seltener Fall. Die abgeschwächte Variante ist das Desinteresse der Eltern am Selbst des Kindes, wodurch dieses ebenso eine starke Verunsicherung erleiden kann.

Die zur Verunsicherung und Unterdrückung führenden Mechanismen haben also sehr weitreichende Auswirkungen. In dem Buch gibt es dazu eine Zusammenfassung, die ich dir gerne an dieser Stelle vorlesen möchte“, sagt Dad und sucht im Buch blätternd die entsprechende Stelle. Als er sie gefunden hat, beginnt er vorzulesen.

Folgen der Unterdrückung und Verunsicherung

Die unterdrückten Wesenseigenschaften

„Unterdrückt ein Kind eine Wesenseigenschaft seines Selbst, lebt es diese im Alltag nicht mehr aus. Es hat sie durch Verhaltensweisen ersetzt, die das Wohlwollen der Eltern genießen, und sich damit deren Egoismus unterworfen. Dadurch hat es sich in seinem Wesen auf eine Weise verändert, die nicht mehr mit dem Selbst in Einklang steht. Mit

der Unterdrückung entsteht in seinem Innern der wesensbedingte Hass auf eben diese Eigenschaft, der es ihm nicht erlaubt, dieser bei anderen Menschen mit Liebe zu begegnen. Seine Liebesfähigkeit ist damit eingeschränkt. Im Augenblick der Ablehnung hat sich niemand der Ohnmacht und der Verzweiflung des Kindes angenommen. Das Mitgefühl wurde ihm versagt. Das Kind gibt seinem Selbst die Schuld dafür. Die Fähigkeit, diesem Wesenszug bei anderen Menschen mit Empathie zu begegnen, hat es damit verloren. Der Hass hat sein Herz im Inneren hart werden lassen. Die Wesenseigenschaft des Selbst, ein allumfassendes Mitgefühl zu verspüren, ist damit eingeschränkt und geht schlimmstenfalls gänzlich verloren. Die Unterdrückung enttäuscht seine Intuition und entlarvt diese aus seiner Sicht als falsch. Über den Verlust des eigentlich betroffenen Wesensaspektes hinaus wird die Intuition also verunsichert und kommt im Extrem ganz abhanden.

Ist eine dem Menschen Freude spendende Wesenseigenschaft des Selbst wie die Neugier, Kreativität, Spontaneität oder Hingabe von der Unterdrückung betroffen, schränkt dies zwangsläufig auch die Fähigkeit zur Freude ein. Im schlimmsten Fall geht sie ganz verloren. Die Wut und die Trauer als unsere Urnatur bewahrende und beschützende Emotionen werden dann entweder ebenfalls unterdrückt oder durch eine Kontextumdeutung zu Werkzeugen des Egoismus. Damit sind sie ebenfalls für das Selbst verloren.

Das der Liebe innewohnende Vertrauen wird durch die erfahrene seelische Verletzung erschüttert. Die verdrängte und nicht geheilte innere Wunde erschwert es dem Menschen, sich im Hinblick auf den unterdrückten Wesensaspekt einem anderen Menschen zu öffnen.

Eine allumfassende Bejahung des eigenen Selbst ist nicht mehr möglich, und die Freude und Glück in uns verströmende und uns im Leben herzlich willkommen heißende Eigenliebe kann sich entsprechend nur bedingt entwickeln. Die Beschädigung des Mitgefühls, der Offenheit und der Fähigkeit zu vertrauen schränken die Eigenliebe und damit die Liebes- und die Glücksfähigkeit weiter ein. Die Einschränkung ist umso stärker, je mehr Wesensaspekte ein Kind an seinem Selbst unterdrückt. Das der Liebe innewohnende Urvertrauen ist nachhaltig erschüttert. All diese Auswirkungen verändern den Menschen ausgehend vom Selbst hin zu dem Wesen, als das er uns in seinem späteren Leben gegenübertritt."

Die verunsicherten Wesenseigenschaften

„Eine verunsicherte Wesenseigenschaft ist nicht ganz unterdrückt und damit immer noch im Menschen lebendig. Allerdings können das Kind und der spätere Erwachsene sie an sich nicht vorbehaltlos aus der Tiefe seines Herzens bejahen und ist deswegen auch nicht frei, sie dauerhaft unbekümmert und mit Freude auszuleben. Er verspürt eine innere Zerrissenheit und ist sich nicht sicher, ob diese Eigenschaft wünschenswert oder falsch an ihm ist. Er schwankt deshalb zwischen Ablehnung und Bejahung des eigenen Selbst hin und her und wird Mühe haben, seine innere Mitte und damit sein Selbst zu finden. Seine Selbstzweifel werden immer wieder dazu führen, dass er sich ungeliebt, ausgestoßen und isoliert fühlt, was ihn seelisch leiden lässt.
Da er die verunsicherte Wesenseigenschaft nicht aus der Tiefe seines Herzens an sich bejahen kann, ist auch seine Eigenliebe eingeschränkt. Und in dem Maße, wie er den Wesensaspekt bei anderen Menschen nicht vorbehaltlos bejahen kann, nimmt seine Liebesfähigkeit ab. Die verunsicherte Wesenseigenschaft kann ihm keine Freude mehr spenden, was sich negativ auf seine Glücksfähigkeit auswirkt und sein Urvertrauen beeinträchtigt. Seine Empathie, seine Fähigkeit zu vertrauen sowie seine Offenheit und Intuition sind aber nicht zwingend beschädigt. Ebenso verhält es sich mit Wut und Trauer, die intakt, verunsichert oder unterdrückt sein oder auch eine Kontextumdeutung erfahren haben können.*"*

Die geliebten Wesenseigenschaften

„Das Kind fühlt sich in den Wesenseigenschaften des Selbst, denen die Eltern mit Liebe, also mit uneingeschränkter, aufrichtiger und herzlicher Bejahung, Unterstützung und Freude gegenübertreten, uneingeschränkt angenommen und damit bejaht und geliebt. Es wird diese Eigenschaften ebenso im Sinne der Eigenliebe freudig an sich bejahen. Je mehr Wesenseigenschaften des Kindes Liebe erfahren, umso stärker und vorbehaltloser wird es sich von seinem Umfeld geliebt und damit im Leben willkommen geheißen fühlen. Das Kind wird das Elternhaus und die Familie als freudigen Ort der zwischenmenschlichen Wärme und Geborgenheit empfinden. Es spürt das Vertrauen in das menschliche Dasein, das der Liebe zu eigen ist, und festigt dadurch sein Urvertrauen in das Leben, seine Eigenliebe und damit seine Liebesfähigkeit.

Ein Kind mit einem von der Liebe umsorgten Selbst entwickelt sich auf dieser Welt zu einem friedfertigen und freudigen erwachsenen Wesen. Seine Empathie, Wahrhaftigkeit, Intuition, Hingabe, Neugierde, Offenheit, Spontaneität und Kreativität sind die inneren Quellen des Selbstvertrauens und der Lebenskraft, um den Widrigkeiten des Lebens souverän entgegenzutreten.

Lebensfreude und Liebesfähigkeit sind das Fundament seiner Glücksfähigkeit, das ihm Zufriedenheit schenkt. Seine Begabungen wendet es erfolgreich auf eine ihn erfüllende Tätigkeit an. Seine Empathie und Herzlichkeit sowie seine Aufrichtigkeit und Wahrhaftigkeit verschaffen ihm Achtung und Sympathie.“

Ego und Selbstbewusstsein

„Derjenige, der einen Aspekt seines Selbst unterdrückt, hat sein Selbst als falsch und das von ihm erwartete Verhalten als richtig akzeptiert. Den Schmerz aus der einstigen Verletzung hat er verdrängt. Dadurch wurde sein innerer Konflikt beendet. Er wird selbst dann, wenn er seinen wesens-

bedingten Hass auslebt, oft keine Selbstzweifel verspüren und mitunter sehr selbstbewusst in Erscheinung treten.“

„Wenn ich da an die Schule zurückdenke“, unterbreche ich Dad, „sind meist die Rücksichtslosesten mit einem starken Selbstbewusstsein in Erscheinung getreten. Dadurch wirkten sie des Öfteren furchteinflößend, und die meisten an der Schule hatten Respekt oder gar Angst, sich mit Ihnen anzulegen.“
„Ich weiß, was du meinst“, entgegnet Dad, „ aber im eigentlichen Sinn haben sie gar kein Selbstbewusstsein, weil sie sich ihres Selbst ja überhaupt nicht bewusst sind. Wahrhaft selbstbewusst ist nur derjenige, der sich seines von der Liebe allumfassten Selbst auch bewusst ist. Das vermeintliche Selbstbewusstsein dieser offenbar kaum liebenden und wenig empathischen Menschen entspringt ihrem großen Ego, das ihr aus der Unterdrückung des Selbst entstandenes, egoistisches Wesen präziser bezeichnet. Das vermeintliche Selbstbewusstsein ist also eigentlich ein Egobewusstsein, das seine Stärke aus der vermeintlichen Abwesenheit von Selbstzweifeln zieht. Der in seinem Wesen Verunsicherte ist, obwohl er in seinem inneren Selbstzweifel und damit Unsicherheit verspürt, dem wahren Selbstbewusstsein näher als derjenige, der Aspekte seines Selbst unterdrückt hat. Ein Umstand, dessen sich der Verunsicherte oft nicht bewusst ist!“

LIEBENDER UND EGOMANE

Dad blickt mich mit ernster Miene an, bevor er seine Ausführungen fortsetzt: „Die Unterschiede zwischen einem Menschen mit wahrem Selbstbewusstsein und einem mit vermeintlichem Selbstbewusstsein, sprich Egobewusstsein, sind sehr gravierend und weitreichend. Wir können uns dies plastisch machen, indem wir mit unseren bisherigen Erkenntnissen über die Liebe einen in seinem Selbst allumfassend geliebten und damit liebenden Menschen mit jemandem vergleichen, dessen Selbst weitgehend unterdrückt ist. Der Einfachheit halber können wir die beiden ‚Liebender' und ‚Egomane' nennen. Die Bezeichnung ‚Egomane' ist insofern zutreffend, dass sein Selbst durch einen umfassenden Egoismus seiner Eltern geschädigt wurde und sein wesensbedingter Hass ihn dazu führen wird, Eigenschaften des Selbst bei anderen Menschen anzugreifen. Nehmen wir einmal an, dass beide ihre Begabungen entwickelt haben und der Egomane seine Gefühle nicht unterdrückt hat. Beide könnten dann beispielsweise auf der Oberflächenebene durchaus sehr ähnlich in Erscheinung treten und wären auf den ersten Blick nicht voneinander zu unterscheiden. Im Folgenden stellen wir beide im Hinblick auf ihre Emotionen gegenüber und werden feststellen, dass sie ihrem Wesen nach doch sehr gegensätzlich sind", sagt Dad, senkt seinen Blick auf das Buch und beginnt weiter daraus vorzulesen.

Der Grundcharakter

„Für den Liebenden ist die Empfindung der Liebe ein normales und alltägliches Gefühl, das sich aus dem liebenden Umgang mit seinem Selbst speist. Der Egomane kennt dieses Gefühl nicht, weil er selten oder vielleicht nie Liebe empfangen hat. Seine Erfahrung der Liebe beschränkt sich auf das Gefühl des Verliebt-Seins, das der Liebende ebenso kennt.
Der grundsätzliche Unterschied zwischen den beiden besteht darin, dass der Liebende in seinem Wesen von dem Gefühl der Liebe getragen wird, während der Egomane von dem Gefühl des wesensbedingten Hasses dominiert wird. Dieser Umstand beeinflusst den Grundcharakter aller übrigen Emotionen und hat darüber hinaus entscheidenden Einfluss darauf, in welchen Situationen welche Emotionen in ihnen entstehen. Dies prägt wiederum die Art und Weise ihres Handelns."

Liebes- und Beziehungsfähigkeit

„Während der Liebende allumfassend liebesfähig ist, ist der Egomane liebesunfähig. Für den Liebenden hat eine Beziehung den Sinn, sich gegenseitig zu spiegeln und aneinander in der Blüte zu unterstützen, um gemeinsam glücklich zu sein. Diese wesensbezogene Erfahrung fehlt dem Egomanen, der getrieben durch seinen Hass das Ziel verfolgt, den Partner seinen egoistischen Vorstellungen zu unterwerfen. Der Charakter der Beziehungen, die Egomane und Liebender jeweils führen, sind also sehr konträrer Natur.

Der Liebende wünscht sich eine intakte Liebesfähigkeit seines Partners, innerhalb derer er frei von Erwartungen an das Verhalten des anderen ist. Er genießt die Ungezwungenheit seines Selbst, das ihm Gelassenheit beschert und ihn tolerant sein lässt. Der Egomane, der einst sein Verhalten an die Erwartungen seiner Eltern angepasst hat, wird viele Erwartungen an das Verhalten seines Partners haben. Innerhalb seiner Beziehung wird es zwangsläufig zu starken Konflikten kommen, außer der Partner ist devot und unterwirft sich den Erwartungen. Treffen zwei Egomanen aufeinander, findet ein Machtkampf statt, bei dem es um die Frage geht, wer den anderen dominiert.

Während der Liebende bei der Wahl seines Partners ein Augenmerk darauf haben wird, ob und inwiefern dieser liebesfähig ist, ist diese Fähigkeit für den Egomanen irrelevant.

Wird die Liebe des Liebenden durch den Egoismus eines anderen beschädigt, verursacht ihm das seelisches Leid. Um sein Selbst zu schützen, wird der Liebende sich abgrenzen. Ändert sich das Verhalten des Partners nicht in Richtung Liebe, wird er sich aus der Beziehung zurückziehen, weil der andere nicht in gleichem Maße zur Liebe fähig ist wie er selbst. Er wird traurig sein und Leid empfinden, weil er weiß, dass er die Liebe nicht erzwingen kann. Sein Rückzug ist ein Muss im Sinne seiner Eigenliebe, die ihn die Integrität seines Selbst bewahren lässt.

Der Egomane verlässt seinen Partner, weil er sich ihm emotional nicht im Sinne der Liebe verbunden fühlt. Sein Ego erfährt durch die Erobe-

rung eines anderen Partners einen neuen Impuls, der in ihm aufs Neue für einige Monate das Gefühl des Verliebt-Seins beschert. Ein liebender Partner wird ihn verlassen, weil er sich nicht seinem Willen und Egoismus unterwerfen kann. An der Seite des Egomanen nimmt der in seiner Eigenliebe eingeschränkte Partner das Leiden oft für lange Zeit billigend in Kauf, bevor es irgendwann zu einer Trennung kommt.

Falls aber die Trennung nicht vom Egomanen ausgeht, wird sie ihm Leiden verursachen, weil sich jemand seinem Einfluss entzogen hat, den er in seinem Besitz wähnte. Sein Ego hat dann nicht wie im Falle seiner eigenen Kindheit gegenüber dem Selbst obsiegt, was an den Grundfesten seiner inneren Überzeugung nagt und seinen Hass befeuert.

Seine Trennung vom eigenen Selbst und damit von der Liebe ist ihm nicht bewusst. Deshalb kann er auch nicht erkennen, dass nur eine radikale innere Umkehr und damit die Aufgabe seines eigenen Egos seine Beziehung noch retten könnte. Seine Liebesunfähigkeit wird er nicht als Ursache für die Trennung identifizieren, sondern dem anderen die Schuld dafür geben und seine Hassgefühle auf ihn richten. Diese können extreme Handlungen nach sich ziehen und im Mord an dem Partner gipfeln. Dieser perverse Auswuchs der Egomanie ist der größte Egoismus, den ein Mensch einem anderen zuteilwerden lassen kann. In ihm drückt sich die völlige Liebesunfähigkeit aus.

Der Mensch, der in seiner Kindheit den Tod seines Selbst erlitten hat und damit Opfer ist, wird nun zum Täter.

Damit die Liebenden die Liebe und ihre gegenseitige Blüte verwirklichen können, öffnen sie sich füreinander und geben sich einander vertrauensvoll hin. Der Egomane kann sich nicht öffnen, weil dies bedeuten würde, er müsste jemanden an sein schwer verletztes Selbst heranlassen, das er tief in sich verdrängt und damit versteckt hat. Seine unbewusste Angst,

an dieser Stelle erneut verletzt werden zu können, ist viel zu groß, als dass er jemanden auch nur in die Nähe seiner Seele lassen würde. Verschlossenheit voreinander prägt das Klima einer solchen Beziehung.
Das, was Liebender und Egomane jeweils unter Liebe verstehen, und die Art und Weise, wie sie eine Beziehung im Alltag leben, ist also sehr konträr zueinander. Während der eine wahrhaft liebt, handelt der andere mit Liebe verneinendem Egoismus, der sich allenfalls im Gewand des Verliebt-Seins versteckt hat. Der eine ist beziehungsfähig, der andere nicht."

Empathie

„Der Liebende verfügt über wahres Selbstbewusstsein. Er weiß, dass er im Innersten nicht verletzt werden kann, und kann sich deswegen öffnen. Dadurch können andere ihn in seiner inneren Mitte erreichen und sein Mitgefühl wecken. Es kommt aus der Tiefe seines Herzens und drückt sich in seiner Liebesfähigkeit aus.
Der Egomane ist seelisch stark verletzt worden und hat nie Mitgefühl erfahren. Die Wesenseigenschaft der Empathie ist in ihm so verschlossen, dass sie für niemanden erreichbar und das korrespondierende Gefühl ausgetrocknet ist. Er kann es allenfalls vortäuschen, weil er weiß, dass es von ihm erwartet wird. Seine Empathie ist Schauspielerei und nicht aus tiefstem Herzen empfunden. Das für eine Beziehung notwendige wahre Vertrauen kann damit nicht entstehen und ein Öffnen füreinander nicht stattfinden."

Freude

„Mit der Freude verhält es sich ähnlich wie mit der Empathie. Das Selbst ist der Quell wahrer und tief empfundener Freude, die sich aus der Lust am Leben heraus im Dasein versprüht. Sie speist sich aus den lebendigen Wesenseigenschaften, die dem Selbst zu eigen sind, wie der Spontaneität, Neugierde, Wahrhaftigkeit und Kreativität. Der Egomane, der diese

Wesensaspekte unterdrückt hat, kann die aus der inneren Mitte kommende Freude und Heiterkeit nicht empfinden. Die Freude dabei, einen Vogel im Flug zu beobachten, den Klang der Farben des Herbstlaubs zu spüren, die wahre Freude, einem geliebten Menschen zu begegnen, bleiben ihm verwehrt. Freude bereitet dem Egomanen stattdessen jemand, der sich seinem Ego unterwirft. Dies bestätigt ihn und schmeichelt ihm. Sein Hass drückt sich in der Schadenfreude oder einer sadistischen Freude aus, die er verspürt, wenn andere leiden, ihnen Unglück widerfährt oder er die Möglichkeit hat, sie zu quälen. Die tiefe innere Freude des Selbst bleibt ihm verschlossen."

Trauer

„Der Liebende wird Trauer empfinden, wenn ihn sein Mitgefühl mit wahrer Anteilnahme an dem eigenen Leid und dem anderer Menschen und Lebewesen sowie der Natur erfüllt. Der Egomane, dem die Fähigkeit zur Empathie fehlt, kann keine wahrhafte Trauer verspüren. Als sein Selbst verletzt wurde, hat niemand mit Mitgefühl auf seine Trauer reagiert, weswegen sie entweder unterdrückt oder im Kontext umgedeutet wurde. Er wird traurig, wenn sich jemand nicht seinem Egoismus unterwirft oder ihm etwas nimmt, das er als sein Eigentum ansieht. Die wahre Anteilnahme an dem Leid anderer kennt er nicht, weil er sie selbst nie in Bezug auf sein Selbst erfuhr, zu dem er den Kontakt verloren hat."

Wut

„Der Liebende empfindet die Wut im Sinne des Selbst und nutzt sie, um sich vor Übergriffen und Verletzungen durch andere zu schützen. Aber auch über die eigene Person hinaus wird er immer dann Wut verspüren, wenn jemand mit der Durchsetzung seiner egoistischen Ziele andere schädigt und damit im Begriff ist, die Integrität der universellen Liebe zu stören. Der Liebende setzt die Wut achtsam und gewaltfrei ein, um sein

Gegenüber auf sein egoistisches Verhalten und dessen Folgen aufmerksam zu machen. Im besten Falle erreicht er den anderen damit in seiner Blindheit und durchbricht dessen Ignoranz.
Der Egomane hat die Wut als Emotion kennengelernt, mit der man versucht, andere Menschen den eigenen egoistischen Vorstellungen zu unterwerfen. Seine Wut ist im Sinne des Selbst kontextuell umgedeutet, und er benutzt sie zur Durchsetzung seiner egoistischen Absichten. Insbesondere wird er bei jenen Menschen damit Erfolg haben, deren Selbst mittels der Wut unterdrückt oder verunsichert wurde.
Der Liebende nutzt die Wut also im Sinne der Liebe, während der Egomane sie für seine egoistischen Ziele einsetzt.“

Eifersucht und Neid

„Der Mensch verspürt dann Eifersucht und Neid, wenn er sich anderen Menschen im Hinblick auf Physis, Wesen, Begabungen, Fähigkeiten oder materielle Belange unterlegen fühlt. Das verspürte Defizit steht im Zusammenhang mit seinem Selbstwertgefühl und damit mit der Eigenliebe. Physis und Begabungen sind kraft der Zeugung festgelegt und lassen sich nicht grundsätzlich verändern, jedoch bestmöglich entwickeln. Wer klein und dick ist, kann nicht größer werden, dafür aber schlanker, falls ihm das wichtig ist. Wer glaubt, nur wenige Begabungen zu besitzen, sollte sich möglichst umfassend erforschen und die Talente, die er in sich findet, mit Hingabe entwickeln. Was seine Fähigkeiten und materiellen Umstände anbelangt, kann der Mensch selbst für Entwicklung und Veränderungen sorgen, indem er beginnt, an sich zu arbeiten.
Neid und Eifersucht können als Gefühle situativ auftreten und, wenn der auslösende Mensch oder Gegenstand verschwindet, wieder abklingen. Sie können für den Menschen entweder Ansporn und Motivation sein, sich weiterzuentwickeln, oder ihn zu Missgunst verleiten. Aus ihr folgt im schlimmsten Fall die Schädigung oder gar Zerstörung des verursachenden Objekts. Missgunst ist durch den wesensbedingten Hass

motiviert, weswegen der Egomane anfällig dafür ist. Die Eifersucht oder Neid auslösenden Menschen werden zu seinen Feinden. Hingegen versucht der Liebende, sie als Freunde zu gewinnen. Sie sind für ihn Vorbild und Motivation, sich weiterzuentwickeln, um dadurch der Blüte seines eigenen Wesens entgegenschreiten zu können."

Liebe und Hass

Während Paps das Buch zur Seite legt, spinnt er den Faden weiter: „Egomane und Liebender sind jeweils von den beiden grundlegend konträren und zueinander in Opposition stehenden Emotionen des Hasses und der Liebe getragen. Der Egomane kennt die Liebe nicht, und der Liebende weiß nicht um den wesensbedingten Hass."

„Diese beiden grundlegenden und konträren Emotionen von Hass und Liebe geben also allen übrigen Gefühlen ihren Charakter", folgere ich. „Und diese treten dann entsprechend in liebender oder hassender Form in Erscheinung. Bislang war es mir ja immer ein großes Rätsel, aber langsam beginne ich zu verstehen, wie ein und dieselbe Situation völlig konträre Emotionen bei Menschen auslösen kann."

„Die dann wiederum zu verschiedenartigsten Handlungen führen können", ergänzt Dad. „Egomane und Liebender stehen in Opposition zueinander. Der Liebende ist von Liebe erfüllt und sein Wesen entspricht dem Selbst. Der Egomane wurde nie geliebt. Er wurde Opfer eines umfassenden Egoismus, der dazu geführt hat, dass er sein Selbst unterdrückt hat. Mit der Unterdrückung ist in ihm der Hass entstanden und das Mitgefühl abgestorben. Eigenliebe konnte er nie entwickeln. Sein Hass verleiht seinem Wesen egoistische Züge, weil er versuchen wird, die von ihm unterdrückten Wesenszüge an anderen Menschen ebenfalls zu unterdrücken. Seinen fehlenden Selbstwert und die einst erlittene Ohnmacht versucht er, durch sein Streben nach Beherrschung anderer und damit durch Macht zu kompensieren. Da ihm die Empathie fehlt, löst sein rücksichtsloses Vorgehen in ihm keinerlei Gefühl der Schuld oder Reue aus. Im Gegensatz dazu ist das Wesen des Liebenden im Selbst aufgegangen. Er hat egoistische Wesenszüge und Handlungsweisen hinter sich gelassen und ist damit zum allumfassend Liebenden geworden."

„Wo Liebe präsent ist, gibt es allumfassendes Mitgefühl und keinen Egoismus. Wo Egoismus vorherrscht, gibt es kein Mitgefühl und keine Liebe", ergänze ich.

„Der allumfassend Liebende, der sich in seiner Totalität aus der Mitte des eigenen Herzens selbst bejaht, trägt keine egoistischen Wesenszüge in sich", fährt Dad fort. „In Opposition zu ihm steht der Egomane, dessen Wesenszüge ausschließlich egoistischer Natur sind. Er trägt keine Liebe in sich und kann sie deswegen auch niemandem zuteilwerden lassen. Der allumfassend Liebende ist wie der völlige Egomane eine sehr seltene Erscheinung in unserer Welt. Jesus, Buddha, Mahatma Gandhi und Nelson Mandela waren wohl absolut liebende Wesen. Der allumfassend Liebende ist das Sinnbild und schönster Ausdruck des Göttlichen. Hitler, Stalin, Mao – Männer, die den Mord an ganzen Völkern angeordnet und vollzogen haben, sind Beispiele für machtvolle Egomanen. Sie sind für das Leid von Millionen von Menschen verantwortlich. Die Egomanie verkörpert die Destruktion und damit das Gegenteil von Liebe und Blüte und dem damit verbundenen Glück", bekräftigt Dad.

„Egomane und Liebender sind, wie du sagst, die beiden extremen Erscheinungsformen des Menschen", hake ich ein. „Wie muss ich mir dann die emotionale Welt des Großteils der Menschen vorstellen, die weder vollkommen liebend noch ausschließlich egoistisch sind?", frage ich Dad.

„Die allermeisten Menschen verfügen über geliebte, verunsicherte und unterdrückte Wesensaspekte ihres Selbst", erläutert er. „Im tiefsten Inneren sind sie sowohl von dem Gefühl der Liebe als auch von Hass geprägt. Das bedeutet, dass sowohl Liebe als auch Hass den Ausdruck all ihrer übrigen Emotionen wie Wut, Freude, Neid, Eifersucht, Reue, Sexualtrieb, Leiden oder Angst prägen können. Diese teils liebende und zum Teil hassende Ausprägung der jeweiligen Emotion beeinflusst den Charakter der aus ihr resultierenden Handlung. Durch die Unterdrückung und Verunsicherung wurde das Mitgefühl dieser Menschen in der Kindheit mehr oder weniger stark beschädigt. Deshalb können sie oft in einer Situation nicht unmittelbar das Destruktive an ihren Emotionen und an den daraus erwachsenden Handlungen erkennen. Der destruktive Charakter wird oft erst dann von ihnen erkannt, wenn die Handlung bereits vollzogen ist und andere geschädigt wurden. Aufgrund des Unvermögens, wahrhaft mitfühlen zu können, ist diese Einsicht oft rein intellektueller Natur.

Dennoch vermag eine intellektuelle wie auch gefühlte Einsicht bei ihnen nur selten eine Veränderung des Verhaltens herbeizuführen, da sie nicht die Kraft besitzt, die tief sitzende Emotion des Hasses aufzulösen. Ruft eine Situation diesen Hass hervor, geraten der einsichtige Verstand und das Gefühl oft in einen Widerstreit. Sie ringen miteinander darum, die Handlung dominieren zu dürfen. Das Gefühl will sich abreagieren und so innere Erleichterung herbeiführen, während der Verstand dessen destruktives Potenzial und deren Folgen erkennt und das verhindern will. In diesem Augenblick offenbaren sich die innere Zerrissenheit eines Menschen und in ihr die Tragik des Mensch-Seins. Meist dominieren die Gefühle unseren Verstand oder schalten ihn gar aus und haben damit die Befehlsgewalt über unsere Handlungen. Mit hoher Wahrscheinlichkeit dominiert der Hass trotz einsichtigem Verstand wiederum die Situation, und der Mensch handelt destruktiv gegen andere oder sich selbst.

Prinzipiell kann sich der Mensch auch im Wesen verändern – hin zu mehr Liebe wie auch hin zu mehr Hass und Egomanie. Auslöser für derartige Entwicklungen sind meist schwere persönliche Krisen und Schicksalsschläge, die die Grundfesten des Egos erschüttern. Je

nachdem, in welche Richtung die Entwicklung verläuft, beginnt der Mensch bewusster zu werden und an sich zu arbeiten, um ein liebesfähigerer Mensch zu werden. Oder er wird vom Hass übermannt, der sein destruktives Potenzial befeuert. Aber erst wenn es ihm gelingt, den Hass durch die Liebe aufzulösen, hat eine wahrhafte innere Umkehr stattgefunden, weil dann der Motor des destruktiven Handels nicht mehr existent ist.
An dieser Stelle möchte ich dir gerne die Geschichte von dem Samurai-Krieger erzählen, der auf einen Zen-Meister trifft. Denn diese Begegnung bewirkt in dem Samurai genau diesen Wandel", kündigt Dad an.
„Das klingt sehr spannend. Ich bin ganz Ohr", erwidere ich neugierig.

ZEN-MEISTER UND SAMURAI – EINE BEGEGNUNG

„Ein kämpferischer Samurai-Krieger sucht eines Tages einen Zen-Meister auf und fordert ihn auf, ihm den Unterschied zwischen Himmel und Hölle zu erklären. Der Zen-Meister erwidert daraufhin verächtlich: ‚Du bist nichts anderes als ein Flegel! Mit dir vergeude ich nicht meine Zeit!'
In seiner Ehre und seinem Stolz empfindlich getroffen, wird der Samurai rasend vor Wut, zieht sein Schwert aus der Scheide und schreit: ‚Für deine Frechheit sollst du mir sterben!'
‚Das ist', antwortet ihm der Zen-Meister gelassen, ‚die Hölle!' Verblüfft von der Erkenntnis, was sich da seiner bemächtigte, und der Wahrheit dessen, was der Meister sagte, beruhigt sich der Samurai, steckt das Schwert in die Scheide und dankt dem Meister mit einer Verbeugung für die Einsicht. ‚Und das', sagt der Zen-Meister, ‚ist der Himmel'."*

* Vgl. Daniel Goleman: EQ – Emotionale Intelligenz, München Wien 1995. Die Geschichte wir dem Zen-Meister Hakuin aus dem 16. Jahrhundert zugeschrieben.

„Die Geschichte klingt interessant, aber ich verstehe nicht ganz, was sie mir sagen soll", erwidere ich.
„Dann sollten wir uns mit dem, was in der Geschichte passiert, etwas genauer beschäftigen", meint Dad und beginnt die Geschichte zu erläutern: „Der Samurai ist ein stolzer und gewalttätiger Krieger. Mitgefühl und Liebe kennt er nicht, sonst könnte er andere Menschen nicht ihres Lebens berauben. Er ist von Hass erfüllt, weswegen ihm die Ausübung seines Handwerks leichtfällt. Mit anderen Worten, er ist ein Egomane. Allerdings ist er nicht zufrieden und spürt, dass es noch etwas anderes jenseits des gewaltvollen Lebens des Kriegers geben muss. Sein unterdrücktes Selbst verspürt eine Verunsicherung, die Zweifel in ihm wachruft. Sie veranlasst ihn, sich auf die Suche zu begeben, die ihn zu dem Zen-Meister führt. In Wahrheit ist er auf der Suche nach seinem Selbst, denn nur dort kann er das finden, wonach er sucht – Liebe, Glück und Zufriedenheit.
Der Zen-Meister ist ein Liebender und Wissender. Schon in dem Augenblick, als der Samurai in seiner Kriegerkleidung den Tempel betritt, erkennt er dessen Wesen. Der Zen-Meister weiß, dass er dem Samurai nur dann bei seiner Suche helfen kann, wenn es ihm gelingt, seinen Hass in Liebe zu wandeln. Nur diese Transformation wird ihn zu seinem Selbst zurückführen. Der Samurai offenbart sich durch seine Frage nach Himmel und Hölle als Suchender. Der Zen-Meister weiß, dass der Samurai ein stolzer Mann ist. Er wird keinen Angriff auf seine Ehre dulden, sondern diesen aufgrund seines wesensbedingten Hasses mit Aggression und Gewalt erwidern. So beschimpft der Zen-Meister den Samurai bewusst, um seinen Hass zu mobilisieren. Als dieser auf dem Höhepunkt seiner Emotion bereit ist, ein Gewaltverbrechen zu begehen, spiegelt der Zen-Meister ihm das Wesen seines Hasses. Dadurch erkennt der Samurai, dass er sich selbst und anderen mit seinem Hass und der daraus resultierenden Wut, Aggression und Gewalt die Hölle bereitet. Diese Einsicht entspringt dem Selbst des Samurai, das vor dieser

Begegnung noch völlig im Verborgenen lag und zu dem der Zen-Meister ihm einen Zugang verschafft hat. Der Samurai kommt also plötzlich in Kontakt mit seinem Selbst und der ihr innewohnenden Liebe. Das ihm dadurch wieder zur Verfügung stehende Mitgefühl lässt ihn diese augenblickliche Wandlung vollziehen. Seine Suche ist beendet, da er gefunden hat, wonach er suchte. Dies erfüllt ihn mit großer Dankbarkeit. Der Zen-Meister spiegelt ihm auch diese Einsicht und Emotion wider, indem er sie als ‚Himmel' bezeichnet.
Die Provokation des Zen-Meisters führt uns gleichzeitig dessen Furchtlosigkeit vor Augen. Er bezieht sie aus der inneren Sicherheit seiner allumfassenden Liebe zu seinem eigenen Selbst und der Welt. All sein Handeln offenbart sich als ein Akt der Liebe, dessen Ziel die Erleuchtung und damit die Blüte des Samurai ist. Er ist voller Vertrauen und begegnet der gewalttätigen Natur des Kriegers ohne Furcht. Seine allumfassende Liebe erreicht den Samurai in seinem Wesenskern und transformiert ihn augenblicklich. Der Hass des Kriegers löst sich auf und dessen Mitgefühl und Selbst werden aktiviert. Der Zen-Meister befördert den Samurai mittels seiner Liebe auf dem direktesten und geradlinigsten Weg an das Ziel seiner Suche.
Wir haben darüber gesprochen, dass die Liebe paradoxer Natur ist. Sie kann nur im richtigen Zusammenspiel von Ratio und Emotion wahrhaft verstanden werden. Der Zen-Meister ermöglicht es dem Intellekt des Samurai, die Beschaffenheit seiner Emotionen und deren Auswirkungen auf seine Handlungen zu verstehen. Dadurch gelingt es dem Samurei, plötzlich mit seiner Selbstliebe in Kontakt zu kommen.
Gehen wir nochmals an den Beginn der Szene zurück und stellen uns vor, dass der Zen-Meister, statt dieses Gespräch zu führen, der Bitte des Samurai stattgibt und ihn anschließend in eine große Bibliothek führt. Dort legt er ihm einen Stapel philosophischer Abhandlungen auf den Tisch mit dem Hinweis, dass er in den Büchern alle Antworten auf seine Fragen finden könne. Was wäre wohl passiert?

Abgesehen davon, dass ein Krieger wohl kaum die Geduld hat, sich durch einen Stapel Bücher zu arbeiten, bleibt zu bezweifeln, dass er denselben Erkenntnisprozess durchlaufen hätte. Erst die intellektuelle Bewusstwerdung der eigenen Emotionen führt zur Einsicht in das eigene Wesen. Reine Verstandeslogik und Verstandesargumentation ist nicht zielführend, wenn es um das Selbst geht."
„Wow, unglaublich, was sich alles hinter dieser kurzen Geschichte verbirgt", bemerke ich erstaunt.
„Im Grunde all das, worüber wir bisher gesprochen haben", resümiert Paps lächelnd.

DAS BUDDHA-PARADOXON

„Dad, ich glaube, ich habe gerade das Buddha-Paradoxon gelöst! Die Geschichte von dem Samurai und dem Zen-Meister hat mich gerade inspiriert. Mir kam plötzlich ein bestechend einfacher und logischer Gedanke in den Sinn, der sich darüber hinaus intuitiv auch richtig anfühlt", erkläre ich ihm ganz aufgeregt. „Ein Buddha ist ebenso wie dieser Zen-Meister ein absolut Liebender. Die Frage ist nun, wie ich einen absolut Liebenden erkennen kann, wenn sich dieser weder durch gesellschaftlichen Rang oder Kleidung noch durch andere Äußerlichkeiten zu erkennen gibt. Das kann ich nur dann, wenn ich selbst zum Liebenden geworden bin. Nur so weiß ich um die Beschaffenheit des Selbst und kann ein dem Selbst entsprechendes Wesen erkennen und erspüren. Als Liebender ist es mir aber nicht möglich, einen anderen Menschen zu töten, weil ich damit die Liebe negieren würde. Das bedeutet, dass ich in dem Augenblick, in dem ich fähig bin, einen Buddha zu erkennen, selbst ein Liebender oder Buddha geworden bin. Und wenn ich ein Liebender bin, ist es mir nicht mehr möglich, ihn zu töten. Aus diesem Grunde kann Buddha von seinen Anhängern fordern, einen Buddha zu töten, wohl wissend, dass dies nie passieren kann."

„Vielmehr ist es", fährt Dad fort, „eine Aufforderung an seine Anhänger, selbst zu Liebenden und damit zu Buddhas zu werden. Meine Hochachtung, das ist die Lösung! Ich bin wirklich stolz auf dich, denn dieses Paradoxon ist wahrlich nicht einfach zu lösen."
Ich genieße den kurzen Augenblick der Stille und spüre, wie diese mit der Lösung des Buddha-Paradoxons erfahrene Erkenntnis in mich einsickert und mir einen fantastischen Augenblick des Verbundenseins mit der gesamten Schöpfung und dem Universum schenkt.

DIE UNERMESSLICHE VIELFALT DES MENSCHEN

„Egomane und Liebenden haben wir ausführlich als die beiden extremsten charakterlichen Erscheinungsformen des Menschen kennengelernt", resümiert Dad. „Es stellt sich nun die Frage, wie das Wesen eines Menschen beschaffen ist, bei dem ein Teil des Selbst geliebt, ein anderer verunsichert und der restliche unterdrückt ist."
„Wie viele unterschiedliche Kombinationsmöglichkeiten der unterdrückten, verunsicherten und geliebten Wesenseigenschaften des Selbst gibt es denn, ohne dass zwei Menschen im Wesen identisch wären?", frage ich interessiert nach.
„Die hauptsächlichen Wesenseigenschaften sind Intuition, Vertrauen, Empathie, Wahrhaftigkeit, Aufrichtigkeit, Neugierde, Offenheit, Spontaneität, Fantasie, Kreativität, Hingabe, Sexualität und Verstand, was zusammen 13 macht. Wie oft kann man 13 Eigenschaften in ihren drei möglichen Erscheinungsformen – unterdrückt, geliebt und verunsichert – miteinander unterschiedlich kombinieren, ohne dass zwei genau gleiche Kombinationen bzw. Menschen dabei herauskommen? Das ist eine Frage, die ich dir gerade nicht beantworten kann", entgegnet Dad.
Es herrscht Stille, während wir beide nachgrübeln. Plötzlich habe ich eine Idee und beginne draufloszureden: „Also, eigentlich ist das

Problem doch dasselbe wie beim Fußballtoto. Ich habe 13 Fußballspiele. Eine Mannschaft kann jedes der Spiele gewinnen, verlieren oder aber unentschieden spielen. Die Analogie zu unserem Problem lautet: Es gibt 13 Fußballspiele. Wie viele verschiedene Möglichkeiten gibt es, einen Totoschein auszufüllen?", kombiniere ich.
„Super, deine Analogie beschreibt exakt das gleiche mathematische Problem", erwidert Paps, „aber leider entzieht sich die mathematische Lösung des Toto-Problems meiner Kenntnis. Wie du weißt, war ich nie besonders gut in Mathematik."
„Aber ich!", kontere ich mit einem breiten Grinsen. „Die Anzahl der Möglichkeiten errechnet sich zu: drei hoch der Anzahl der Spiele bzw. drei hoch der Anzahl der Wesenseigenschaften."
„Ich bin fasziniert!", ruft Dad aus und sieht mich mit ebensolchem Blick an. „Woher weißt du das?"
„Tja, Dad, da schaust du! Die Formel hat dein intelligenter Sohn mal kurz im Kopf abgeleitet!" Die großen Augen und den offenen Mund meines Vaters noch einige Augenblicke lang genießend fahre ich fort. „Ich habe das zufällig vorgestern mit Ken recherchiert, weil wir uns für die Gewinnchance unserer wöchentlichen Totowette interessiert haben. Einen Augenblick, mein Mobiltelefon hat einen Taschenrechner", sage ich und beginne, die Zahlen einzutippen. „Drei hoch 13 ergibt 1.594.323. Diese Anzahl von Menschen könnte es rein theoretisch bei 13 Wesenseigenschaften geben, ohne dass diesbezüglich zwei Menschen im Wesen gleich wären", stelle ich abschließend fest.
„Das Ganze potenziert sich noch weiter, wenn man bedenkt, dass jeder Wesenszug, egal ob unterdrückt, geliebt oder verunsichert, spezifisch in Erscheinung tritt", ergänzt Dad. „Der wesensbedingte Hass wird sich anders äußern, wenn die Wut unterdrückt ist, als wenn sie kontextuell umgedeutet wurde oder bei der Unterdrückung Gewalt im Spiel war. Das Gefühl des Neids könnte verunsichert sein und Schuldgefühle hervorrufen oder aber offen ausgelebt werden.

Diese Umstände werden also das Wesen des Menschen über seine Wesenseigenschaften hinaus mitprägen. Wir können der Einfachheit halber zusätzlich annehmen, dass der Mensch jedes Gefühl entweder auslebt oder es in ihm verunsichert ist oder es unterdrückt bzw. verloren gegangen ist. Wie viele Emotionen hatten wir im Zusammenhang mit dem Selbst betrachtet?"

„Liebe, Mitgefühl, Freude, Wut, Eifersucht, Neid, Hass, Reue, Scham, Schuld, Trauer, Leiden. Das macht zusammen zwölf Emotionen", zähle ich auf.

„Fehlen noch die Angst und die sexuelle Begierde, was dann in der Summe 14 Emotionen ergibt", fügt Dad an. „Zuzüglich der 13 Wesenseigenschaften macht das zusammen 27 wesensbedingte und emotionale Ausprägungen des Menschen."

„Und drei hoch 27", spreche ich vor mich hin, während ich die Tastatur meines Rechners betätige, „ergibt: Ups! 1.000 Milliarden sind eine Billion, also errechnen sich daraus mehr als sieben Billionen, um genau zu sein unglaubliche 7.625.597.484.987 unterschiedliche Kombinationsmöglichkeiten."

Dad ergänzt sachlich: „Nicht berücksichtigt haben wir dabei, dass die gelebten Emotionen in unterschiedlichen Maße von Hass oder Liebe dominiert sind. Eigenschaften wie Humor, Geduld, Achtsamkeit usw., die einen Menschen ebenfalls charakterisieren, haben wir dabei ebenfalls außer Acht gelassen. Dazu kommt dann noch die ganz individuelle Kombination an Begabungen, die jedem zu eigen ist. Der eine entwickelt sie zu Fähigkeiten und führt sie zur Blüte. Ein anderer ist verunsichert oder faul, hat keine Möglichkeiten, sie zu schulen, oder entdeckt sie gar nicht erst an sich."

„Die Schlussfolgerung ist ganz einfach", sage ich grinsend.

„Die Ausprägungen des menschlichen Wesens sind unermesslich vielfältig."

Beispielhafte Wesenstypen

„Um alle Kombinationen durchzusprechen, dürfte ein Menschenleben wahrscheinlich nicht ausreichen", witzele ich und ergänze meinen Taschenrechner bemühend: „Mal angenommen, wir bräuchten zum Durchsprechen jeder Kombination eine Minute, dann bräuchten wir für alle Kombinationen mindestens 14.508.366 Jahre, und das ohne eine Sekunde zu schlafen oder sonst etwas anderes zu tun."
„Unglaublich! Ich hätte nie gedacht, dass derart viele unterschiedliche Kombinationen möglich sind. Das übersteigt zugegebenermaßen mein Vorstellungsvermögen bei weitem. Wir könnten uns aber exemplarisch bestimmte Typen überlegen und anhand ihrer Charakterzüge versuchen abzuleiten, welche Veränderungen ihr Selbst wohl erfahren haben könnte", schlägt Dad vor.
„Gute Idee", entgegne ich, und Dad setzt seine Ausführungen fort.

Der Automat

„Wenn es für den Menschen keinen Raum mehr gibt, sein Selbst zu artikulieren, wird er zum Automaten. Er hat die meisten, wenn nicht gar alle Wesenseigenschaften des Selbst unterdrückt. Sein Leben ist nicht mehr durch seine innere Mitte bestimmt, sondern ist an die Erwartungen anderer angepasst. Empathie und wahre Freude kennt er nicht. Seine Wut und Trauer sind unterdrückt und stehen ihm nicht mehr als Abwehrmechanismen gegen neue Angriffe zur Verfügung, was über den wesensbedingten Hass hinaus weiteren Hass in ihm schürt. Lässt ihm sein an die Erwartungen der Eltern ange-

passtes Verhalten keinen Freiraum, um seinen Hass abzureagieren, wächst dieser in seinem Innern immer weiter an, ohne dass er ihn über ein wirksames Ventil abreagieren kann. Irgendwann hält er es vielleicht nicht mehr aus. Das Fass läuft nicht nur über, es zerbirst und der gesamte Hass entlädt sich mit einem Schlag. Das kann dann beispielsweise zu einem Amoklauf führen, durch den der immense Hass eines verletzen Selbst offenbar wird. Der Hass kann sich aber auch gegen die eigene Person richten."
„Aber warum sollte er den Hass gegen sich selbst lenken?", frage ich.
„Weil dieser Mensch sich die Schuld für den gefühlten Hass gibt. Die Destruktion sich selbst gegenüber gipfelt im Suizid. Es ist aber auch möglich, dass ein Mensch seinen Hass kontinuierlich abreagiert, indem er beispielsweise zum Sadisten wird und andere quält. Der sadistische Automat ist ein beliebter Mitläufer und Unterstützer in diktatorischen Regimes. Er wurde als Kind darauf konditioniert, sein Wesen den Erwartungen der Herrschenden zu unterwerfen, wenn er dafür anerkannt und geschätzt wird. Sein wesensbedingter Hass bleibt ihm, und er wird kein Problem damit haben, ihn im Dienste des Regimes einzusetzen, um Gegner zu denunzieren, zu quälen oder gar zu töten. Die Freude des Selbst wurde hier durch eine sadistische, den Hass befriedende Freude ersetzt."
„Und wie ist ein Diktator gestrickt?", frage ich neugierig.

Der Diktator

„Der Diktator ist ebenso egoman und hasserfüllt und hat zumindest Teile seines Selbst unterdrückt. Seine Intuition und seine Kreativität dürften allerdings intakt sein. Um an die Macht zu kommen und die eigene Position zu halten, verleiht Erstere seinem Misstrauen das richtige Gespür, während Letztere ihn erfinderisch sein lässt. Seinen wesensbedingten Hass wird er ungehemmt ausleben und keine Schuldgefühle darüber verspüren, wenn andere Menschen zu Opfern seines Egoismus werden. Auch seine Wut kann durchaus intakt sein. Wahres Mitgefühl kennt er jedoch nicht, und seine Freude dürfte vorwiegend sadistischer Natur sein. Er ist intelligent und hat viele seiner Begabungen zur Blüte und damit zu machtvollen Fähigkeiten entwickelt. Sein Machtanspruch kompensiert die durch die einstige Unterwerfung unter die Eltern erlittene Ohnmacht und das dadurch beschädigte Selbstwertgefühl", veranschaulicht Dad.

Der gewalttätige Mensch

„Bei einem gewalttätigen Menschen ist davon auszugehen, dass er wahrscheinlich in der Kindheit Gewalt erlitten hat, die ihn dazu veranlasste, Teile seines Selbst zu unterdrücken. Seine Begabungen hat er wenig bis gar nicht entwickelt, was sein Selbstwertgefühl zusätzlich vermindert, seinen Hass verstärkt und seinen Neid nährt. Während der einsichtige Gewalttätige noch über ein gewisses Maß an Mitgefühl verfügt und Schuld bzw. Reue empfindet, kennt der Uneinsichtige diese Gefühle nicht. Sie sind zusammen mit der Wesenseigenschaft der Empathie in ihm unterdrückt."

Der Choleriker

„Harmloser, aber ebenso von innerem Hass getrieben ist der Choleriker. Er setzt seine kontextuell umgedeutete Wut ein, um seine egoistischen Anschauungen gegenüber anderen Menschen durchzusetzen bzw. diese dazu zu bringen, seine Erwartungen zu erfüllen, die dem Selbst entgegenstehen. Er dürfte damit insbesondere bei Menschen erfolgreich sein, die über eine geringe Eigenliebe verfügen und deren Selbst ebenso mittels Wut unterworfen wurde. Sein Verhalten ist egoistisch, aber dennoch wahrhaftig. Er empfindet kein Mitgefühl für sein Opfer und damit auch keine Schuld oder Reue für sein Verhalten."

Der durchschnittliche Mensch

„Der Großteil der Menschen trägt sowohl unterdrückte, als auch verunsicherte wie auch geliebte Wesenseigenschaften des Selbst in sich. Er vermag anderen Menschen in Bezug auf die bei sich selbst geliebten Wesenseigenschaften Liebe zu geben und diesbezüglich als wahrhaft liebender Familienvater, Ehegatte oder Freund in Erscheinung treten. Trifft jemand seinen wunden Punkt und kommt mit seinen unterdrückten Wesenszügen in Kontakt, wird sich der Hass in ihm mobilisieren und er wird ihn in Form von Wut oder emotionsloser Autorität, manipulierender Liebe, Schuldzuweisungen oder gar Gewalt abreagieren.
Er ist, wenn auch mehr oder weniger eingeschränkt liebesfähig. Kommt er mit bei ihm verunsicherten Wesenszügen in Kontakt, wird er entweder flüchten oder von Selbstzweifeln geplagt werden. Seine Begabungen hat er in dem Maße entwickelt, wie sie ihm für die Erlangung beruflicher und materieller Ziele wichtig sind. An dem spezifischen Mix von unterdrückten, geliebten und verunsicherten Wesenseigenschaften bemisst sich sein Selbstwertgefühl und das Maß seiner Eigenliebe, welche wiederum das Maß seiner Liebes- und Glücksfähigkeit bestimmt. Die überwiegende Mehrzahl aller Menschen finden sich in ihrem Wesen innerhalb dieses Spektrums wieder."

Der Verunsicherte

„Verunsicherte Wesenszüge verursachen im Gegensatz zu unterdrückten Eigenschaften Zweifel in uns. Die Entzweiung des eigenen Wesens löst seelischen Schmerz aus, weil wir große Schwierigkeiten haben, zwischen den verinnerlichten Erwartungen der anderen und unserem eigenen Selbst zu wählen. Derjenige, der die eignen unerwünschten Wesenszüge unterdrückt, hat diese Wahl längst getroffen und verspürt deshalb auch diesen Leid verursachenden

Selbstzweifel nicht in sich, der in ihm das Gefühl des Sich-nicht-geliebt-Fühlens wachrufen würde.
Ist derjenige, dessen Selbst in vielen Teilen geliebt und in einigen Teilen verunsichert ist, mit seiner geliebten Seite in Kontakt, ist er voll der Freude und des Glücks. Er kann durchaus in solchen Momenten als ‚himmelhoch jauchzend' in Erscheinung treten, weil er augenblicklich das Glück des allumfassend Liebenden in sich verspürt. Sobald er allerdings mit seinen verunsicherten und damit ungeliebten Wesenszügen in Berührung kommt, plagen ihn starke Selbstzweifel. Seine Freude trübt sich ein. Er leidet unter starken seelischen Schmerzen und ist dann unter Umständen ‚zu Tode betrübt'. Für den Depressiven ist dies zum länger andauernden Zustand geworden, aus dem er nur mühsam wieder herausfindet."

Kompensationsmechanismen

„Manche Menschen haben Flucht- und Kompensationsmechanismen entwickelt, um nicht in der Einsamkeit und Stille auf diesen Schmerz zurückgeworfen zu sein. Diese Mechanismen äußern sich beispielsweise in der Sucht nach Aufmerksamkeit, Vergnügen, Zerstreuung, Spiel, Sport, Drogen, Erfolg, Internet, Fernsehen, Sex usw. Die Sucht nach Aufmerksamkeit oder Bestätigung kann sich dadurch äußern, dass der gerade mit seiner ungeliebten Seite in Berührung Gekommene als Gegenwehr seine geliebten Seiten in den Vordergrund stellt. Er tritt plötzlich sehr liebevoll, schmeichelnd oder verführerisch in Erscheinung, lässt seinen Charme spielen oder vollbringt eine besondere Leistung, um sich in den Mittelpunkt zu spielen und die Aufmerksamkeit und die Begeisterung der anderen auf sich zu ziehen. Damit versucht er sein Sich-ungeliebt-Fühlen zu kompensieren und zu überwinden. Dieses Verhaltensmuster ist manchmal bei Menschen anzutreffen, die im Rampenlicht stehen und für die der Beifall und die Begeisterung der Menge eine notwendige Kompensation für das Gefühl des Sich-ungeliebt-Fühlens ist. Bleibt der Erfolg und der damit verbundene Beifall aus, fällt ihre Seele in ein dunkles Loch. Der klassische Don Juan oder Casanova ist der Sucht verfallen, immerzu Frauen verführen zu müssen. Durch jede so erfahrene Bestätigung kompensiert er seine mangelnde Eigenliebe für eine Nacht.

Auf der anderen Seite heißt dies aber nicht, dass jemand, der sich amüsiert, Alkohol trinkt, viel arbeitet, Erfolg hat oder im Rampenlicht steht, zwangsläufig über ein verunsichertes Selbst verfügt. Es kann auch Ausdruck eines auf Eigenliebe beruhenden Selbstbewusstseins sein. Im Gegensatz zum Verunsicherten ist bei ihm das Verhalten nicht von Kompensation und Flucht aufgrund mangelnder Eigenliebe getrieben, sondern durch die Eigenliebe und damit durch die Freude am Selbst motiviert. Erst die kompensatorische schmerzabwehrende Notwendigkeit des Tuns produziert die Abhängigkeit im Sinne der Sucht. Sie führt den Verunsicherten nicht zu einer dem Selbst entspringenden Zufriedenheit, sondern hält ihn davon fern. Sie wirkt wie jedes nicht von der Liebe erfüllte Verhalten destruktiv.

Kompensationsmechanismen gibt es in vielfältiger Ausprägung. Nehmen wir beispielsweise ein Kind, das die dringend benötigte Aufmerksamkeit und Liebe der Eltern nur erhalten hat, wenn es ihnen bei der Arbeit half und sie seelisch unterstützte. Das Kind hat dadurch also verinnerlicht, dass es Hilfe anbieten muss, um Aufmerksamkeit zu erhalten, die es für Liebe hielt. Später als Erwachsener versucht es, das Gefühl des Sich-ungeliebt-Fühlens in sich zu überwinden, indem es anderen Menschen hilft. Dieser Mensch hat nie erfahren, dass es nicht nötig ist, etwas zu tun, um sich geliebt fühlen zu dürfen. Im Sinne der Eigenliebe und der Blüte ist es vielmehr Ausdruck der Selbstliebe, anderen Menschen zu helfen und sie zu unterstützen, und kein Mittel, nicht erhaltene Liebe zu kompensieren.

Derartige Flucht- und Kompensationsmechanismen nutzen sich mit der Zeit auch ab und werden mit zunehmendem Alter löchrig, weil wir zunehmend erkennen müssen, dass sie uns nicht wirklich glücklich machen. Die Probleme, unter denen das Individuum leidet, treten dadurch stärker an die Oberfläche und damit ins Leben."

Zusammenfassung

„Die individuelle, durch Unterdrückung oder Verunsicherung resultierende Verletzung verändert das Wesen des Menschen vom Selbst zu demjenigen, als der er uns später als Erwachsener gegenübertritt. Sie hat entscheidende Auswirkungen auf das Leben, Schicksal und Glück jedes Einzelnen. Beispielhaft haben wir gesehen, welche Entwicklung Menschen zu Tyrannen, Automaten oder Amokläufern werden lassen kann und warum Menschen süchtig oder depressiv werden können.

All dies ist schlussendlich die Folge nicht erhaltener Liebe. Die Ableitungen sind insofern stereotyp, als dass sie die Wirklichkeit, deren Komplexität und die Vielfalt menschlichen Lebens in ihrer Gesamtheit nicht abbilden können. Jeder Mensch erlebt seine eigene Geschichte, in deren Verlauf sein Selbst im besten Falle geliebt wird. In der Regel wird das Selbst infolge mangelnder Liebe verletzt, wodurch Wesenszüge und Emotionen des Menschen nicht mehr denen seines Selbst entsprechen. Die möglichen unterschiedlichen Einflussgrößen spiegeln sich in der Vielfalt der Menschen, ihren Charakteren und in ihrer individuellen Lebensgeschichte wider. Abhängig davon, in welchem Maße sein Grundgefühl von Liebe bzw. Hass geprägt ist, werden seine übrigen Emotionen und seine Handlungen dem Charakter nach davon bestimmt sein.

Die traurige Konsequenz ist, dass wir mit der Verletzung eine Trennung vom Selbst und damit von der allumfassenden Liebe erfahren. Sie steht uns dann nicht mehr als uneingeschränkte und dauerhafte

Quelle der eigenen Zufriedenheit und des eigenen Glücksempfindens zur Verfügung. Die damit verbundene Einschränkung der Eigenliebe und der Liebesfähigkeit tritt uns spätestens in unseren zwischenmenschlichen Beziehungen wieder gegenüber. Sie hat entscheidenden Einfluss darauf, ob wir mit einem anderen Menschen eine Beziehung führen können, die für beide Seiten von Glück und Zufriedenheit geprägt ist. Dies bringt uns zum Thema der zwischenmenschlichen Beziehungen", schließt Dad seinen Monolog ab und lächelt mich an.

DIE URSACHEN FÜR UNSERE BEZIEHUNGSPROBLEME

„Du erinnerst dich an die Definition der Liebe am Anfang unseres Gesprächs?", fragt Dad und sieht mich dabei erwartungsvoll an.
„Ich bin mir nicht sicher, ob ich das so gut ausdrücken kann wie du", erwidere ich, „aber Liebe entsteht, wenn sich zwei Menschen zueinander hingezogen fühlen und den jeweils anderen in Kenntnis seines Wesens aus der Tiefe des Herzens vorbehaltlos und uneingeschränkt bejahen und beide sich im Alltag das Wesen der Liebe zuteilwerden lassen. Darüber hinaus unterstützen sie den anderen in seiner Entwicklung, seinem Glück und damit in der Blüte seines Wesens."
„Sehr gut! Und beide Menschen", fährt Dad fort, „sollten sich frei von Egoismus, wahrhaftig, mit möglichst allumfassendem Mitgefühl, größtmöglicher Offenheit und Vertrauen sowie gegenseitiger Hingabe begegnen.
In der Realität treffen nun Menschen aufeinander, bei denen jeweils unterschiedliche Wesenseigenschaften und Emotionen des Selbst geliebt, unterdrückt oder verunsichert sind. Den Wesenseigenschaften des Selbst, die der Mensch an sich lieben kann, wird er bei seinem Partner ebenso mit Liebe gegenübertreten. Ist der

bei dem einen Partner geliebte Wesenszug bei dem anderen unterdrückt, wird er dessen Hass mobilisieren und Beziehungskonflikte sind unausweichlich. Das aus dem Selbst kommende Verhalten hat er gegen eines ersetzt, das von den Eltern toleriert und im besten Falle von ihnen wohlwollend begrüßt und mit Aufmerksamkeit belohnt wurde. Für dieses Ersatzverhalten, das das natürliche, dem Selbst entspringende Verhalten ersetzt, wird er von seinen Beziehungspartnern und Freunden ebenso Bejahung und Aufmerksamkeit erwarten. Dieser Erwartungshaltung kann aber eigentlich nur jemand gerecht werden, der in gleicher Art und Weise konditioniert wurde. In Anbetracht der existierenden Wesensvielfalt dürfte es aber äußerst unwahrscheinlich sein, dass der Partner diesem Anspruch gerecht wird. Durch die Unterdrückung sind außerdem die Gefühle der Trauer, des Leids oder der Wut entweder umgedeutet oder ebenso unterdrückt worden. Die Fähigkeit, Mitgefühl zu empfinden, ist eingeschränkt. Der Mensch kann sich zumindest im Hinblick auf den unterdrückten Wesensaspekt nicht öffnen, weil er unterschwellig Angst hat, wieder mit der Verletzung in Berührung zu kommen und erneut verletzt zu werden. Seine Fähigkeit zu vertrauen ist dadurch also auch eingeschränkt. Je mehr Aspekte unterdrückt sind, desto eingeschränkter ist die Liebesfähigkeit bis hin zur Liebesunfähigkeit im Falle des völlig unterdrückten Selbst.
Die Liebesfähigkeit des in seinem Selbst verunsicherten Menschen ist dann gegeben, wenn es ihm gelingt, den verunsicherten Wesenszug bei einem anderen zu bejahen. In diesem Fall hat er die Möglichkeit, durch die Beziehung die Verunsicherung zu überwinden, indem er sein Selbst liebend annimmt und damit seine Liebesfähigkeit wiederherstellt", erläutert Dad.

„Wenn ich mir vor dem Hintergrund deiner Ausführungen vorstelle, dass Menschen mit diesen sehr unterschiedlichen Prägungen bzw. Konditionierungen aufeinandertreffen, ahne ich gerade, welches immense Konfliktpotenzial hier im Verborgenen liegen kann",

folgere ich etwas erschrocken. „Und ich denke, dass dieses Konfliktpotenzial dann gerade in einer Liebesbeziehung, die sehr intensiv ist und in der man viel Zeit miteinander verbringt, ja fast schon zwangsläufig zutage treten muss."
„Das ist so und wird anschaulicher, wenn wir uns im nächsten Schritt überlegen, welche Konfliktpotenziale entstehen, wenn ein und derselbe Wesenszug bei den beiden Partnern unterschiedlich bzw. gleich im Sinne der Liebe, Verunsicherung und Unterdrückung geprägt wurde", erläutert Dad und greift wieder zu dem Buch, um weiter daraus vorzulesen.

Ursachen für Beziehungskonflikte

„Viele zwischenmenschliche Beziehungen scheitern. Jede zweite Ehe wird geschieden, nicht zu sprechen von den vielen Paaren, die einander auch ohne Trauschein wieder verlassen. Aber auch die Partnerschaft derjenigen, die zusammenbleiben, ist nicht immer glücklich. Oft ist sie ein Arrangement, statt ihren Sinn als lebendige, Freude und Glück spendende Beziehung zu erfüllen. Mit dem Verständnis der individuell verschieden ausgeprägten Liebesfähigkeit erschließt sich, warum unsere Beziehungen so kompliziert und schwierig sind. Einige Wesensaspekte sind bei beiden Partnern gleich und andere unterschiedlich geprägt im Sinne der Liebe, der Unterdrückung oder der Verunsicherung. Spielt man alle Möglichkeiten durch, gibt es in Bezug auf jeden Wesenszug sechs mögliche Konstellationen:
Der bei dem einen Partner geliebte Wesenszug ist bei dem anderen

- *ebenso geliebt,*
- *verunsichert*
- *oder unterdrückt.*

Ein Wesenszug kann aber auch verunsichert sein, während er bei dem anderen Partner

- *ebenso verunsichert*

- *oder unterdrückt ist.*

Die letzte Kombinationsmöglichkeit ist, dass ein Wesenszug unterdrückt ist, der bei dem anderen

- *ebenso unterdrückt ist.*

Spielt man alle Kombinationen durch, stellt man fest, dass insbesondere die unterschiedlichen Prägungen für jede Menge Konfliktstoff sorgen. Beginnen wir mit dem Fall, bei dem ein Wesensaspekt gleichsam von beiden Partnern geliebt wird."

Geliebter Wesenszug trifft auf geliebten Wesenszug

„Es fällt den beiden Partnern sehr leicht, sich gegenseitig in dieser Wesenseigenschaft zu bejahen und einander in der Blüte zu unterstützen. Die aus diesem Umgang erwachsende Liebe stellt das Fundament der Beziehung dar. Sie erleben diese Eigenschaft als eine verbindende Gemeinsamkeit und damit als Seelenverwandtschaft, die beiden Freude spendet. Im besten Fall bezieht sich diese Liebe auf alle Bereiche des Selbst, was zu einer lebendigen und glücklichen Beziehung führt. Je weniger Aspekte sie umfasst, umso mehr hängen der Verlauf und die Qualität der Beziehung vom gegenseitigen Umgang in Bezug auf die nicht gleichermaßen geliebten Wesensaspekte des Selbst ab."

Geliebter Wesenszug trifft auf unterdrückten Wesenszug

„Ist der geliebte Teilaspekt des einen der unterdrückte des anderen, wird sich bei dem Partner, der ihn unterdrückt hat, der Hass regen. Er wird sehr wahrscheinlich versuchen, diesen Aspekt bei seinem Partner zu unterdrücken, und Aufmerksamkeit und Bejahung für sein Ersatzverhalten einfordern. Bei dem Liebenden wird dies völliges Unverständnis und Verwunderung hervorrufen. Er wird versuchen, sich gegen den Angriff des anderen abzugrenzen. Ist er durch die Angriffe des anderen irgend-

wann einmal tief verletzt, wird er reaktiven Hass in sich verspüren. In der Beziehung trifft dann Hass auf Hass.
Liebt sich das Paar etwaig in Bezug auf andere Wesensaspekte, entsteht das, was klassischerweise als „Hass-Liebe" bezeichnet wird. Die Konfrontation zwischen geliebtem und unterdrücktem – und damit gehasstem – Aspekt des Selbst führt in der Regel zu einem unüberbrückbaren und damit die Beziehung nachhaltig schädigenden Konflikt."

„Das erinnert mich an Melanie, als sie mir das Surfen abspenstig machen wollte", hake ich ein. „Sie hat es regelrecht gehasst, und ich hatte manchmal den Eindruck, dass sie sich selbst nicht gestattete, ihren Leidenschaften nachzugehen. Vielleicht wurden ja ihre dahin gehenden Wünsche immer von ihren Eltern unterdrückt?"
„Das wäre eine mögliche Erklärung für ihr Verhalten", entgegnet Dad.
„Ich habe dir ja vorhin von meinen reaktiven Hassgefühlen erzählt, als ich entdeckt habe, dass sie mein Surfbrett zerstört hatte. Das ist natürlich Sprengstoff *für eine Beziehung*", fahre ich fort.
„Die Beilegung eines derartigen Konflikts setzt voraus, dass derjenige, der den Wesenszug unterdrückt, dies reflektiert und sich eingesteht, dass das Problem von ihm ausgeht. Beginnt er, den verlorenen Aspekt seines Selbst wieder in sein Wesen zu integrieren und damit zu lieben, kann aus der Beziehung eine wunderbare Liebe erwachsen. Findet diese Umkehr nicht statt, ist die Trennung eigentlich der einzige Ausweg", erklärt Dad.
„Schlussendlich war meine Surfleidenschaft mit ein Trennungsgrund. Dabei habe ich mir immer gewünscht, dass Melanie eines Tages auch eine Leidenschaft für sich entdeckt, so wie beispielsweise Stella, die begeistert Gitarre spielt", ergänze ich.
„Wenigstens konntest du dich im Wesentlichen friedvoll gegenüber ihren Angriffen abgrenzen und behaupten. Diejenigen, deren Selbst in dieser Hinsicht verunsichert ist, werden sich damit schwerer tun", sagt Dad und liest abermals aus dem Buch vor.

Verunsicherter Wesenszug trifft auf unterdrückten Wesenszug

„Der Verunsicherte wird durch seinen Partner, der einen bestimmten Wesenszug in sich unterdrückt, aufgefordert oder gezwungen bzw. darin bestärkt, diesen Wesenszug in sich ebenfalls zu unterdrücken. Unter Umständen erfährt der Verunsicherte dabei eine starke Polarisierung und wird noch stärker verunsichert. Vielleicht ist er aber auch erleichtert, weil ihm jemand den Weg aus seiner Verunsicherung weist, auch wenn dieser ihn in die falsche Richtung führt."

„Das erinnert mich an Imani und Peter", unterbreche ich. „Imani macht gerade erste Gehversuche darin, sich im Modedesign kreativ auszuleben, und Peter macht sich deswegen ständig lustig über sie, anstatt sie zu bestärken und zu unterstützen. Imani heult sich dann ständig bei Stella darüber aus. Sie hat Imani schon geraten, sich von Peter zu trennen, sollte sich sein Verhalten nicht bessern. So könnte sie wenigstens ihrer Leidenschaft nachgehen, ohne die ständigen Verunsicherungen durch Peters Hänseleien zu erleiden. Genau genommen sind diese nichts anderes als verdeckte Hassattacken. Wahrscheinlich ist Peter in seiner Kindheit Ähnliches widerfahren, und nun ist er, wie du vorher schon gesagt hast, vom Opfer zum Täter mutiert."

„Die versuchte Unterdrückung kann zumindest Klarheit schaffen, was dann hoffentlich zu notwendigen Veränderungen führt, die eine Entfaltung des eigenen Selbst erlauben. Deshalb hoffe ich, dass Imani in Bezug auf Ihre Kreativität an Selbstsicherheit gewinnt und dadurch diesen Konflikt lösen kann, sei es in der Beziehung zu Peter oder ohne ihn.

Der Verunsicherte kann nämlich *über* das Extrem der augenblicklichen Unterdrückungsversuche auch zu einer liebenden Haltung in Bezug auf sein Selbst finden. Der dann beginnende Konflikt entspricht dem, wenn ein geliebter Wesenszug auf einen unterdrückten trifft", erwidert Dad und liest weiter vor.

Verunsicherter Wesenszug trifft auf geliebten Wesenszug

„In diesem Fall stellt der Partner im Verlauf des gegenseitigen Kennenlernens fest, dass der bei ihm verunsicherte Wesenszug bei seinem Partner ein geliebter und lebendiger Bestandteil der Persönlichkeit ist. Fühlt er sich im Hinblick auf die Gesamtkonstellation der Beziehung dem anderen gegenüber unterlegen und klein, kann es sein, dass er sich in der Folge distanziert. Es kann aber auch sein, dass er die liebende Unterstützung des anderen annimmt und dadurch seine Verunsicherung überwindet. Dann hat die Liebe sein verletztes Selbst geheilt."

„So wie es dir und Mum mit der Spontaneität ergangen ist", stelle ich fest. „Und Mum konnte diese Eigenschaft sukzessive durch eure Beziehung wiederentdecken und in ihr Wesen integrieren."
„Sehr richtig erkannt! Und vielleicht schlummert ja hier auch ein Potenzial in deiner Beziehung zu Stella in Bezug auf die Neugierde", erwidert Dad.
„Wir werden sehen, aber nach unserem heutigen Gespräch versuche ich bei diesem Thema eher erwartungsfrei zu sein."
„Ich denke, das ist eine gute Haltung", bemerkt Dad und fährt mit dem Buch fort.

Verunsicherter Wesenszug trifft auf verunsicherten Wesenszug

„Treffen zwei Menschen mit jeweils demselben verunsicherten Wesenszug aufeinander, fehlt der richtungsweisende Partner. Mitunter kann die Beziehung diesen Aspekt betreffend sehr polarisierend und neurotisch

sein. Je nach Qualität der Beziehung in Bezug auf die übrigen Wesensaspekte ist es auch denkbar, dass beide zueinanderfinden und ihr Selbst bejahend integrieren. Ebenso kann über diese polarisierende Beziehung der eine zur Bejahung und der andere zu Unterdrückung finden. Die beiderseitige Unterdrückung stellt eine weitere mögliche Konstellation dar.“

Unterdrückter Wesenszug trifft auf unterdrückten Wesenszug

„Ein von beiden gleichermaßen unterdrückter Wesenszug wird erst einmal keine Konflikte hervorrufen, weil das Verhalten des einen nicht den Hass des anderen mobilisiert. Beide werden sehr wahrscheinlich auf ein unterschiedliches Ersatzverhalten konditioniert und dafür Bejahung und Zuneigung erwarten. Das wird dann eventuell für beide befremdlich wirken und kann eine Konfliktquelle für die Beziehung darstellen. Grundsätzlich werden sich aber beide Partner wohl darüber einig sein, dass sie es gleichermaßen als berechtigt hassenswert empfinden, wenn Dritte diesen unterdrückten Wesenszug ausleben. Bei dieser Gemeinsamkeit handelt es sich allerdings nicht um eine gegenseitige Bejahung im Sinne der Liebe. Denn diese Form der Bejahung kommt nicht aus dem Herzen, sondern entspringt dem Hass, womit ihr jegliches Mitgefühl fehlt.“ Während Dad das Buch beiseitelegt, resümiere ich:

Die Realität zwischenmenschlicher Beziehungen

„Aus den zentralen Wesensausprägungen des Selbst und den Gefühlen, die jeweils geliebt, verunsichert oder unterdrückt sein können, haben wir ca. 7,6 Billionen Kombinationsmöglichkeiten errechnet. Zieht man in Betracht, dass das Selbst, wie du sagst, über mehr als nur die gerade besprochenen zentralen Eigenschaften verfügt, ergeben sich noch weit mehr als 7,6 Billionen Kombinationsmöglichkeiten. Es ist also ziemlich unwahrscheinlich, dass zwei

Menschen mit gleicher Ausprägung in Bezug auf alle Wesensaspekte aufeinandertreffen".

„Ja, das stimmt wohl. Vielmehr werden in der Realität des Lebens immer ungeliebte auf geliebte oder verunsicherte Wesensaspekte treffen und damit Konflikte verursachen", fährt Dad fort. „Diese Konflikte werden dann oft negativ auf die gesamte Beziehung abstrahlen und führen dazu, dass das Gefühl, sich umfassend geliebt zu fühlen bzw. den anderen umfassend zu lieben, nicht entstehen kann. Und wenn diese Konflikte nicht gelöst werden, wirken sie sich weiter negativ auf die Beziehung im Ganzen aus und gefährden ihr Fortbestehen", verdeutlicht Paps.

„Aber wie können die Menschen dann in ihrer Beziehung glücklich werden?", frage ich.

„Das ist zugegebenermaßen nicht so einfach, solange sie nicht zu ihrem Selbst zurückkehren und damit ihre allumfassende Liebesfähigkeit wiedererlangen. Die Liebe spendet nur dann dauerhaftes und wahres Glück, wenn sie das gesamte Wesen des jeweils anderen umfasst", erklärt Dad und beginnt weiter aus dem Buch vorzulesen.

Die Beziehung auf der Grundlage uneingeschränkter Liebesfähigkeit

„In einer Beziehung, in der beide Partner tief in ihrem Selbst wurzeln, begegnen sie einander wahrhaftig und mit allumfassender Empathie. Sie können sich dem anderen vorbehaltlos öffnen. Mittels ihrer Hingabe erfahren sie durch den anderen die Schönheit ihres eigenen Selbst. Sie spiegeln sich im Selbst des anderen wider. Aus der Mitte des eigenen Herzens bejahen sie das Wesen des anderen in seiner Gesamtheit und unterstützen es in seiner Blüte. In ihrer von Vertrautheit und Intimität geprägten Beziehung begegnen sie einander mit Toleranz, Vertrauen und mit Respekt vor der Freiheit als auch dem Freiraum des anderen. Die dem Selbst und damit beiden innewohnenden Wesenseigenschaften der

Fantasie, Kreativität, Neugierde und Spontaneität verleihen ihrer Beziehung Lebendigkeit und Abwechslungsreichtum.
Ihre uneingeschränkte Liebesfähigkeit lässt ihre Liebe füreinander wachsen. Sie verleiht ihr Schönheit und Strahlkraft. Dies ist der in vielen Liebesromanen oder Filmen beschworene Wunschtraum der großen und absoluten Liebe bzw. die Sehnsucht nach ihr. Sie berührt viele Menschen tief im Innern und ist keineswegs eine irreale Fantasie. Sie ist das Idealbild einer möglichen und realen Liebesbeziehung, deren Quelle das von Eigenliebe umfasste Selbst ist. Begegnen wir einander auf dieser Ebene, können wir das allumfassende Glück der Liebe erfahren.

Das Selbst ist die Wiege der Liebe, und nur dort kann sie blühen.

Ist die Liebesfähigkeit eines oder beider Partner im schlimmsten Falle nicht vorhanden, kann die Liebe nicht entstehen, auch wenn die Begierde und Sehnsucht nach dem anderen sehr groß ist. Sollten es die Partner nicht schaffen, ihre Liebesfähigkeit zu entwickeln, wird sich ihre Beziehung nicht im Sinne der Liebe entwickeln, sondern scheitern. Sollten sie unter diesen Voraussetzungen zusammenbleiben, werden sie einander weiter bekriegen oder jeder vom anderen entfremdet ein Leben für sich alleine führen."

Die Beziehung auf der Grundlage eingeschränkter Liebesfähigkeit

„Versucht ein Mensch die Verhaltensweisen und damit die Wesenseigenschaften des Selbst seines Partners zu unterdrücken und erwartet darüber hinaus Bestätigung und Zuneigung für sein Ersatzverhalten, tritt dadurch ein nahezu unüberbrückbarer Konflikt zutage. Werden diese aus der eingeschränkten Liebesfähigkeit resultierenden Konflikte nicht

überwunden, scheitert die Beziehung. Dies ist der Sprengstoff, der viele Partnerschaften auseinanderbersten lässt. Lösbar ist die Situation nur, wenn der unterdrückende Partner sein Selbst liebend integriert oder der andere sein Selbst unterdrückt. Allerdings widerspricht die Selbstaufgabe dem Prinzip der Liebe und verunmöglicht damit eine glückspendende Beziehung. Die andere Möglichkeit bedeutet die Aufgabe des Egos, die mit den bereits besprochenen Schwierigkeiten verbunden ist. Aber nur so erfüllt die Beziehung – und mit ihr verbunden die Liebe – ihren Sinn, den Menschen einen Schritt weiter in Richtung seiner Einheit mit dem Selbst und damit seiner Ganzheit zu führen.. Findet dieses innere Wachstum nicht statt, scheitert die Beziehung.“

Der wahrhaft Liebende im Umgang mit Beziehungskonflikten

„Der in seinem intakten und allumfassend liebesfähigen Selbst wurzelnde Mensch ist selbstsicher. Er weiß, dass er im Grunde nicht verletzt werden kann, was aber nicht bedeutet, dass sein Selbst nie verletzt wurde. Es ist ihm möglich, sich vorbehaltlos zu öffnen, weil er sich zugleich gegen *von außen drohende Verletzungen abgrenzen kann. Er fühlt sich unabhängig von der wahren oder vermeintlichen Liebe anderer, weil er sich aus seiner inneren Mitte heraus in seinem Selbst geliebt fühlt. Er weiß, dass die etwaige Liebesunfähigkeit anderer, die ihn zu verletzen versucht, nichts mit ihm zu tun hat. Er ist weder dafür verantwortlich, noch kann er anderen helfen, wenn sie nicht für sich zur Einsicht gelangen. Der wahrhaft Liebende verfügt über zwei im Zusammenhang mit der allumfassenden Liebe einhergehende Fähigkeiten. Er kann sich erstens im Falle eines Angriffs auf sein Selbst friedvoll abgrenzen und zweitens ist er imstande loszulassen, wenn der andere seinen Fehltritt nicht zu erkennen vermag. Deshalb kann er sich bedingungslos und in voller Intensität auf das Verliebt-Sein einlassen, wissend, dass er auch dann nicht verletzt sein*

wird, wenn sich die Beziehung nicht in Liebe bewahrheitet." Dad sieht von dem Buch auf und blickt mich an.

„Damit wird mir klar, warum viele Beziehungen scheitern müssen", erwidere ich. „Was mich allerdings noch interessieren würde, sind die geschlechterspezifischen Unterschiede. Wenn ich mich in unserem Freundeskreis umsehe, würde ich sagen, dass die Männer in der Regel überzeugter von sich sind und weniger unsicher erscheinen als die Frauen. Gleichzeitig sind sie aber meist auch weniger einfühlsam. Woran liegt das?"

Die geschlechterspezifischen Unterschiede

Es herrscht einen Augenblick Stille, und Dad wirkt sehr nachdenklich auf mich, bevor er antwortet: „Ich denke auch, dass die unterdrückten Wesenseigenschaften häufiger bei Männern auftreten, während sie bei Frauen eher verunsichert sind, was sich mit deinen Beobachtungen deckt. Allerdings kann man das nicht generalisieren, weil es ebenso mitfühlende Männer wie gefühlskalte Frauen gibt. Sicherlich gibt es biologische, insbesondere hormonelle und als auch genetische Verschiedenheiten, aus denen sich eine Erklärung finden ließe. Allerdings kenne ich mich in diesen Fachgebieten nicht aus. Aber wenn man die Erziehung und Sozialisierung von Mädchen und Jungen betrachtet, kann man einige Unterschiede feststellen.
Vater und Mutter leben dem Kind auf der Tiefenebene das geschlechterspezifische Selbstverständnis vor, das ihnen selbst zu eigen ist. Damit prägen sie bei den Kindern eine Vorstellung, was es bedeutet, ein Mann oder eine Frau zu sein, und auf welche Art und Weise Männer und Frauen miteinander umgehen. Mädchen und Jungen können innerhalb ein und derselben Familie gleichermaßen der Liebe, der manipulierenden Liebe, im schlimmsten Falle auch der Gewalt ausgesetzt sein. Allerdings können wir

davon ausgehen, dass die Anwendung von körperlicher Gewalt wesentlich häufiger von Männern als von Frauen ausgeht. Ebenso wird sie wahrscheinlich die Jungen auch häufiger betreffen als die Mädchen. Mit ihr gehen, wie wir wissen, schwerwiegende Verletzungen des Selbst einher.

Mitgefühl, Trauer und Leid offen zu zeigen, gilt unter Männern oft als unangebracht und wird als Schwäche verachtet. Frauen lernen dagegen, mit diesen Emotionen im Rahmen ihrer Sozialisierung offen umzugehen.

Der härtere Umgang sowie die fehlenden Möglichkeiten, seine Verletzung zeigen zu dürfen, sind ein Indikator dafür, dass Männer den betroffenen Wesenszug häufiger in sich unterdrücken als Frauen. Deren Verletzung manifestiert sich dafür häufiger in Form einer Verunsicherung. Daraus resultiert das Sich-ungeliebt-Fühlen, und mit diesem Gefühl gehen sie oft offen um.

Die Unterdrückung des Selbst produziert nicht das Gefühl, ungeliebt zu sein, sondern lässt den wesensbedingten Hass entstehen, der oft mit Aggressionen einhergeht. Das gesellschaftliche Bild des „starken Mannes" verbietet ihnen den Zugang zu ihrer ungeliebten und unterdrückten Seite. Es beschneidet darüber hinaus bei Männern in erheblichem Maße die Fähigkeit zur Empathie, die der im Selbst verunsicherten Frau weiterhin zu eigen ist", führt Dad aus.

„Dann wäre es doch eigentlich gut, wenn immer mehr Männer sich trauen würden, Gefühle zu zeigen und über Unsicherheiten zu sprechen?", frage ich neugierig.

„Das wäre auf jeden Fall sehr zu begrüßen, und ich denke auch, dass aktuell eine derartige Entwicklung stattfindet. Wenn ich an meinen Vater denke, hatte seine Generation ihre Gefühls- und Problemwelt noch tief in sich vergraben. In meiner Generation hat sich da schon viel bewegt, und die Männer sind offener für diese Themen geworden. Deine Generation macht, glaube ich, einen weiteren großen Entwicklungsschritt hin zu mehr Offenheit, Bewusstsein, Spiritualität und Arbeit an sich selbst und damit in Richtung des eigenen Selbst. Am Ende des Tages hängt es natürlich immer vom jeweiligen Individuum und dessen individueller Prägung ab. Glücklicherweise fördert der gesamtgesellschaftliche Trend diese Entwicklung, sodass sie künftig auch im Mainstream und damit in der breiten Masse ankommen kann. Macht also weiter so und setzt euch mit diesen Themen auseinander!

So viel erst einmal zu den Themen Liebe und Beziehung. Eigentlich sind wir aber mit der Frage gestartet, warum es so viel Leid und Unheil in der Welt gibt", sinniert Dad.

„Ich hätte nie vermutet, dass die Liebe ein derart vielschichtiges Thema ist. Genau genommen habe ich aber auch noch nie wirklich über sie nachgedacht", resümiere ich.

„Das Wesen der Liebe hat uns zu der liebenden Urnatur des Menschen geführt", fasst Dad zusammen. „Die verschiedenen Einflussnahmen auf das Selbst während der Kindheit erklären die Wesensvielfalt und die unterschiedlich ausgeprägte Liebesfähigkeit der Menschen, welche wiederum Ursache unserer Beziehungskonflikte sind. Das Unheil entsteht mit der Unterdrückung und der Verunsicherung des Selbst und damit durch die Abwesenheit der Liebe. Die Unterdrückung gebiert den Hass."

„Das wurde mir eindrücklich klar", hake ich ein, „als wir über die emotionale Erscheinung des Egomanen und des Liebenden gesprochen haben. Die Schlussfolgerung ist für mich, dass Unheil immer dann entsteht, wenn Liebe fehlt. Die Frage, die mich allerdings gerade am meisten beschäftigt, lautet: ‚Dad, woher weißt du das alles?'"

„Das ist eine lange Geschichte, die einen weiteren Abend füllen würde. Aber du kennst deinen Großvater, meinen Vater. Er hatte seine genauen Vorstellungen davon, wie ich und meine Schwester sein sollten, was wir tun und welche Berufe wir ergreifen sollten. Alles, was uns Spaß machte, war verboten. Was seine Vorstellungen anging, ließ er nicht mit sich diskutieren. Seine Anweisungen waren

Befehle, und er wusste sie mit Bestrafungen und notfalls mit Gewalt durchzusetzen. Deine Großmutter versuchte zwar, uns immer in Schutz zu nehmen, aber schlussendlich konnte sie sich nicht gegen ihn durchsetzen. Das Klima zu Hause war sehr beklemmend, und ich hatte oft Angst vor meinem Vater. Wenn es nur irgend ging, verbrachte ich meine Zeit in der Natur, die mir innere Ruhe und Frieden schenkte. Meine ältere Schwester Marie konnte das Ganze nicht ertragen. Sie hat sich angepasst und sich Vaters Vorstellungen unterworfen, um wenigstens ein Stück weit Aufmerksamkeit von ihm zu bekommen. Als Kinder waren wir ein Herz und Seele, aber irgendwann wurde sie immer verschlossener und ernsthafter und später habe ich dann den Zugang zu ihr verloren. Wie du weißt hat sie sich vor etwa 15 Jahren das Leben genommen, weil sie mit ihren Depressionen nicht mehr zurechtkam.
Als ich nach dem Abschluss der Schule endlich auszog, war ich erleichtert, nicht mehr jeden Tag meinem Vater ausgesetzt zu sein. Gleichzeitig war ich aber auch innerlich stark verunsichert. Ich hatte eigentlich kein Selbstbewusstsein, was nach außen hin so nicht in Erscheinung trat. Mit der Zeit litt ich immer öfter an Depressionen, die meine Tage mit Leiden und völliger Antriebslosigkeit füllten. Jede Bewegung und jeder Gedanke wurden in solchen Augenblicken zur inneren Qual. Ich fühlte mich von der Welt und dem Leben abgeschnitten, wie der Besucher eines Theaters, der an dem Leben auf der Bühne nicht teilhat. Die Bilder und Töne verursachen ihm Schmerzen, und er sehnt sich nach nichts mehr als nach dem Ende der Vorstellung. Das Leben erschien mir als tagtägliche, sinnlose Mühsal, der ich keine Freude mehr abgewinnen konnte. Schließlich überredete mich eine gute Freundin dazu, mit einer Therapie zu beginnen. Während dieser Therapie stellte ich fest, dass ich weder wusste, wer ich bin, noch mich selbst lieben konnte. Schritt für Schritt lernte ich mein Selbst kennen und lieben. So bin ich der

geworden, der ich schon immer war, aber in meiner Kindheit nie habe sein dürfen“, offenbart Paps.
Ich blicke Vater ungläubig an. Mein Vater und depressiv? Er, der für mich gleichbedeutend ist mit Lebensenergie, Witz und Humor?
„Dad, du bindest mir doch gerade einen Bären auf, nicht wahr? Du bist der lebenslustigste Lustmensch und Genießer, den es weit und breit gibt“, erwidere ich ungläubig.
„Da könntest du recht haben. Aber ich war, wie gesagt, nicht immer so. Die Zeit, von der ich dir gerade erzähle, liegt lange zurück. Je mehr sich meine Eigenliebe festigte, umso weniger hatte ich mit Depressionen zu kämpfen, bis ich sie eines Tages ganz hinter mir lassen konnte. Das Leben bestand fortan nicht mehr aus Mühsal und Leiden, sondern wurde zur Quelle der Freude und des Glücks. Weil ich in weiten Teilen zu meinem Selbst zurückgefunden habe, bin ich der geworden, der ich heute bin und im Innersten schon immer war. In dieser Zeit lernte ich dann deine Mutter kennen, die das Leben genauso sah und nahm wie ich.“
„Und Großvater, ich meine deinen Vater? Hast du ihn nicht dafür gehasst?“, frage ich neugierig nach.
„Insbesondere während der Therapie gab es Augenblicke, in denen ich sehr wütend auf ihn war oder gar Hass auf ihn verspürt habe, weil er mich oft so tief im Innern verletzt hatte. Irgendwann habe ich ihm verziehen, weil ich erkannt habe, dass er nicht absichtlich so ist, wie er ist. Er ist seinerseits ebenso ein Opfer seiner eigenen Erziehung“, erzählt Paps.
Ich beginne Dad mit anderen Augen zu sehen. All das, worüber wir gesprochen haben, hat er zum Teil am eigenen Leib erlebt. Die Liebe, die er mir und meiner Schwester hat zuteilwerden lassen, hat er in seiner Kindheit selbst nicht erfahren. Plötzlich bin ich sehr stolz darauf, dass er seinen Weg zur Liebe gefunden hat und sie uns alltäglich in unserer Kindheit bis zum heutigen Tage zuteilwerden ließ.

„Wie spät ist es eigentlich mittlerweile? Ich habe jegliches Gefühl für die Zeit verloren", fragt Dad.
„Es ist zwei Uhr nachts", antworte ich. „Dad, deine Ausführungen haben mich derart gefesselt, dass wir total die Zeit darüber vergessen haben. Meine Müdigkeit hält sich allerdings noch in Grenzen. Ich arbeite morgen nicht und kann deshalb ausschlafen. So gesehen können wir unser Gespräch auch fortsetzen."
„Morgen ist Samstag, ich bin fit und Mum ist auch noch nicht wieder zurück", erwidert Dad. „Lass uns also kollektive und gesellschaftliche Phänomene mit den neu gewonnenen Erkenntnissen über die Liebe betrachten."

KOMPASS
ZUM
GLÜCK

„Ich möchte dir als Nächstes einen Abschnitt aus dem Buch vorlesen, in dem es um Einheit und Zweiheit geht", sagt Dad, nimmt abermals das Buch zur Hand und blättert einige Seiten nach vorne: *„Der allumfassend Liebende entspricht in seinem Wesen dem Selbst. Er ist eins mit ihm. Sein Wesen und das Selbst bilden eine Einheit.*
Ist das Selbst verletzt worden, weicht das Wesen des Menschen von seiner liebenden Urnatur ab. Sein Selbst existiert in der Tiefe seiner Seele weiter, obgleich sein in der Lebensrealität zutage tretendes Wesen davon abweicht. Während der Liebende *mit seinem Selbst eins ist, ist der in seinem Selbst Verletzte von seinem Selbst getrennt und damit zwei.*
Durch diese Zweiheit ist der Mensch in sich gespalten. Ihm geht das wahre Selbstwertgefühl und Selbstvertrauen verloren, und das Selbstbewusstsein wird durch das Ego ersetzt.
Ist der Mensch eins, bilden Gefühl und Verstand eine Einheit. Ratio und *Gefühl arbeiten dann nicht gegeneinander und versuchen auch nicht, einander zu dominieren, sondern greifen ineinander und arbeiten miteinander. Die Einheit ist der Seinszustand des Menschen jenseits des Zweifels und der inneren Unsicherheit.*
Durch die Einheit von Gefühl und Verstand wird dem Menschen die paradoxe Natur der Liebe und damit ihr Wesen und ihre Bedeutung offenbar.

Die Liebe und das damit verbundene Glück sind nicht zwei, sondern eins. Es existiert nicht eins von beiden, sondern nur beides.

In der Zweiheit sind Gefühl und Verstand voneinander getrennt. Daraus erwächst das dualistische Denken, mit dem sich die der Liebe innewohnende paradoxe Natur nicht mehr intuitiv verstehen lässt. Durch die Entzweiung ist das Urvertrauen eingeschränkt und der Mensch folglich dem Zweifel ausgeliefert.

Die Einheit ist die Glücksverheißung des Menschen. Ist der Mensch eins mit seiner inneren Mitte, seinem Selbst, dann verfügt er in seiner inneren Mitte über die Quelle des Glücks. Sie lässt ihn jeden Tag mit Freude umarmen, den er in Hingabe, Bewunderung und Dankbarkeit als erfüllten und intensiven Baustein seines Lebens erlebt.
Die Einheit bezeichnet auch die Vereinigung von weiblichem und männlichem Pol. Jeder Mensch, egal ob Mann oder Frau, trägt beide Pole unabhängig von seinem Geschlecht in sich. Sie stehen stellvertretend für unterschiedliche Bereiche des Selbst. Man bezeichnet sie als weiblich und männlich aufgrund von Analogien zur Biologie und zu dem traditionellen gesellschaftlichen Verständnis der Geschlechter.“

WEIBLICHER UND MÄNNLICHER POL (YIN UND YANG)

Der weibliche Pol

„In der Natur gebiert das Weibliche das Leben, welches aus der Vereinigung des Männlichen mit dem *Weiblichen und damit aus deren Einheit gezeugt wird. Das Weibliche ist der das Leben empfangende und behütende Pol. Damit Leben wachsen und gedeihen kann, spendet das Weibliche mittels seiner Sensibilität und seinem Einfühlungsvermögen Geborgenheit und emotionale Wärme. Das Weibliche ist integrierend und beschützend. Es drückt auf der Ebene des Selbst die Wesenseigenschaften der Liebe aus und wird durch Mitgefühl, Offenheit, Vertrauen, Wahrhaftigkeit und Intuition offenbar. Der weibliche Pol ist die Kraft, die die Menschlichkeit konstituiert.“*

Der männliche Pol

„Der männliche Pol ist das zeugende Element des Lebens. Zusammen mit dem Weiblichen erschafft es das Leben. Der männliche Pol ist stark und mutig. Er behauptet sich gegen Widrigkeiten, ist kämpferisch und erobernd. Das Weibliche ist im Mitgefühl angesiedelt und das Männliche im Verstand und *in der Logik. Es studiert Zusammenhänge und versucht, sie systematisch zu ergründen. Dadurch gelangt der Mensch zu Erkenntnissen, mit denen er die von ihm zum Leben benötigten Dinge erschafft. Der männliche Pol ist die Kraft, die die materielle Welt konstituiert. Bezogen auf das Selbst umfasst der männliche Pol den Bereich der Begabungen, die wir entwickeln, um sie produktiv einsetzen zu können.“*

Die Einheit beider Pole

„Jede menschliche Seele, egal ob Mann oder Frau, trägt grundsätzlich beide Pole in sich. Integriert der Mensch sie in sein Wesen und verleiht ihnen im Leben durch sein Tun Ausdruck, ist er in seinem Selbst angekommen. Er ist zum Liebenden geworden, der seine zur Blüte entwickelten Begabungen produktiv in die Welt einbringt.
Ein Pol für sich alleine kann nicht dauerhaft ohne den anderen existieren. Geht dem Leben der weibliche Pol und damit die Liebe und das Mitgefühl verloren, verselbstständigt sich der männliche Pol, was zur Destruktion und auf der gesellschaftlichen Ebene im Extremfall zum Krieg führt. Geht umgekehrt der männliche Pol verloren, so führt dies im Extrem auf der individuellen wie kollektiven Ebene dazu, dass die zum Leben benötigten Ressourcen wie Kleidung, Nahrung, Behausung, medizinische Versorgung usw. nicht zur Verfügung stehen und damit eine Situation der materiellen und existenziellen Not eintritt.
Erst wenn beide Pole sich nicht gegenseitig ausschließen, sondern einander umfassen, gelingt das menschliche Leben im Sinne der Blüte und

wird zum Sinnbild einer sich verwirklichenden universalen Liebe. Das gilt sowohl für das individuelle wie auch für das gesellschaftliche Leben. Der Mensch erlangt Glück und Zufriedenheit, weil gleichsam männlicher und weiblicher Pol als die das Leben bestimmenden Elemente zu einer unzertrennlichen Einheit verschmelzen, die sich durch sein Tun in der Welt artikuliert.

Die Polarität zwischen männlichem und weiblichem Pol ist aufgehoben und eröffnet eine Welt jenseits der von Zweifel geprägten Dualität des Seins. Der Mensch ist dann in der Einheit mit seinem Selbst angekommen und begegnet all seinen Wesenseigenschaften mit Liebe. Er spürt die Einheit mit seinem Selbst, die ihn gleichsam mit seinen Mitmenschen, der Natur und damit der Welt verbindet.

Das chinesische Symbol von Yin und Yang fasst die beiden Pole in einem Kreis zu einer Einheit zusammen, wobei in beiden Kreishälften jeweils ein Punkt die Präsenz des anderen Pols anzeigt. Der weibliche Pol wird oft auch als Anima bezeichnet und der männliche als Animus. Die lebendige Anima-Animus-Integration ist die Quelle eines lebendigen, erfüllten und damit zufriedenen und glücklichen Lebens. Der Mensch denkt, fühlt und handelt dann nicht mehr nach dem Prinzip eines Entweder-oder bzw. eines Für-oder-gegen, sondern eines Sowohl-als-auch und ist damit eins. Er ist eins mit seinem Selbst, mit seiner Seele wie auch mit dem männlichen und dem weiblichen Pol. Er hat die Polarität in sich überwunden.“

Einheit ist Leben

„In dem Augenblick, in dem Mann und Frau im sexuellen Akt neues Leben zeugen, verschmilzt die Samenzelle mit der Eizelle. Sie werden eins, und es entsteht neues Leben.

Die Einheit ist der Ursprung des Lebens.

Wie auf der körperlichen Ebene bedeutet die Vereinigung von männlichem und weiblichem Pol auch auf der seelischen Ebene neues, intensives und glückliches Leben, das der Mitte des Selbst entspringt und die Selbstzweifel des Entzweit-Seins überwunden hat.“

Mann und Frau in Bezug auf die Einheit

Dad legt das Buch auf der Decke ab und fährt fort: „Frauen können Kinder gebären. Während ihrer Schwangerschaft sind sie eins mit dem Kind. In dieser Phase vermeiden sie alle Handlungen, die sich gegen die Gesundheit des Kindes richten könnten. Sie handeln im Sinne der Einheit und damit der Liebe, die dem Wohl und der Blüte des Kindes dient. Diese grundsätzliche Erfahrung der Einheit in Form der Schwangerschaft bleibt dem Mann aufgrund seiner Physis verwehrt. Auf der Ebene des Selbst und damit auf der seelischen Ebene kann er sie aber ebenso wie die Frau erlangen.“

„Dann dürften Frauen, die ihren Mann stehen und zugleich liebevolle Mütter wie auch beruflich erfolgreich sind, der Einheit schon sehr nahestehen, oder?“, frage ich.

„Da hast du recht, wenn auch die gesellschaftlichen Rahmenbedingungen ein derartiges Leben manchmal zu einem schwierigen Balanceakt machen.

Einheit und Zweiheit manifestieren sich darüber hinaus in einer Vielzahl von Phänomenen, die wir alle aus dem individuellen wie auch kollektiven Alltag kennen“, erklärt Dad und nimmt das Buch wieder zur Hand, um weiter daraus vorzulesen.

UNSERE ZWEIFEL UND ANDERE PHÄNOMENE DES GESPALTEN-SEINS

„Die Zweiheit wird immer dann offenbar, wenn im Tun des Menschen einer der beiden Pole dominiert. Die Abwesenheit des männlichen Pols tritt eher seltener und wenn, dann nur auf individueller und fast nie auf kollektiver Ebene auf. Ein Beispiel hierfür ist der von Liebe erfüllte Mensch, der seine Begabungen nicht entwickelt, völlig unproduktiv ist und es aus eigener Kraft nicht schafft, seinen Lebensunterhalt zu bestreiten.
Meist fehlt dem Tun allerdings die weibliche Komponente und damit Liebe und Mitgefühl. Das augenscheinlichste Beispiel ist hier die Anwendung von Gewalt auf individueller Ebene, die auf kollektiver Ebene als Krieg in Erscheinung tritt.
Derjenige, der in seinem Selbst wurzelt, ist sich selbst genug, weil er aus seiner eigenen Mitte heraus blüht. Er ist in seinem Inneren und seinem empfundenen Selbstwert unabhängig von materiellen Werten und der Meinung anderer über ihn. Sein Urvertrauen gibt ihm die Kraft, seinem Herzen zu folgen, wenn es notwendig sein sollte, zu neuen Ufern und neuem Leben aufzubrechen. Seine Freiheit besteht darin, im Inneren autonom zu sein und nur der Stimme des eigenen Selbst und damit der Liebe zu gehorchen.
Dem Entzweiten fehlt dieses aus der Einheit gespeiste Urvertrauen. Die Dissonanz zwischen seinem unterdrückten Selbst und dem übergestülpten Wesen verwehrt ihm das Glücklich-Sein. Die Entschlossenheit und Zuversicht des reinen Herzens kennt er nicht. Wird er sich dessen bewusst, zweifelt er und verspürt innere Leere und Haltlosigkeit. Er fühlt sich ungeliebt und damit minderwertig.
Er wird deshalb versuchen, diese Leere von sich fernzuhalten, indem er sie verdrängt, kompensiert oder vor ihr flieht. In dem Maße, wie er dies tut, verschließt er sein Herz vor seinem Selbst und vor der Welt. Auf gesellschaftlicher Ebene ist der augenscheinlichste Kompensationsmechanismus der Zweiheit die Entzweiung bzw. Spaltung der Welt.“

Die Entzweiung der Welt – Spaltung in Freund und Feind

„Der entzweite Mensch ist im Grunde immer unsicher. Er braucht etwas außerhalb seiner Person Stehendes, das ihm inneren Halt und damit eine Identität gibt, um eine vermeintliche innere Sicherheit zu erlangen. Dies gelingt dem Entzweiten, indem er die Welt ent-zweit, also in zwei Teile spaltet – in eine Gruppe, mit deren Eigenschaften und Attributen er sich identifiziert, und in eine weitere Gruppe, die er hasst, weil sie diese Eigenschaften und Attribute nicht besitzt. Er teilt die Welt also in ein Identifikationsbild und in ein Feindbild und damit in vermeintliche Freunde und scheinbare Feinde.
Dem Personenkreis, mit dem er sich identifiziert, fühlt er sich zugehörig. Dies kann ein Verein, eine Interessensgruppe, eine Partei o. Ä. sein, deren Regeln, Meinungen und Haltung zum Leben er bejaht. Die Integration in dieses Gemeinschaftsleben gibt ihm innere Sicherheit und Stabilität. Diejenigen, die nicht über die Attribute der Identifikationsgruppe verfügen, wähnt er einer feindlichen Gruppierung zugehörig. Mit diesem Feindbild erschafft er sich eine Projektionsfläche für seinen wesensbedingten Hass.
Durch die Entzweiung kommt die Welt für den Entzweiten wieder ins Gleichgewicht. Sie verschafft ihm zum einen Identität und Halt und zum anderen ein Ventil für seinen Hass, dessen Ursache er in der Abweichung vom Identifikationsbild erkannt zu haben glaubt. Damit gelingt ihm die Flucht vor der schmerzlichen Auseinandersetzung mit dem eigenen Selbst. Je stärker die Entzweiung ist, umso radikaler, intoleranter und fanatischer ist die individuelle Gesinnung.
Fehlt der Gruppierung ein Feindbild, ist anzunehmen, dass es sich um einen toleranten, weltoffenen Interessenverbund handelt, der der Einheit dienende Ziele verfolgt."

Während Dad das Buch aus der Hand legt, fährt er fort: „Innerhalb der Gesellschaft begegnen wir häufig dem Phänomen der Entzweiung. Ein Beispiel ist der stolze Nationalist. Identifikation und Stolz sind kein Problem, solange sie mit Offenheit und Toleranz gegenüber anderen Kulturen und damit im Sinne der Einheit gelebt werden. Gehen sie allerdings mit Fremden- und Ausländerhass einher, der im schlimmsten Falle zu Gewaltausschreitungen führt, kommt die Zweiheit zum Vorschein. Bei dem Phänomen der Fußball-Hooligans verhält es sich ebenso. Der eigene Fußballverein ist Lebensinhalt und andere Klubs sind die Feinde, die notfalls auch mit Gewalt bekämpft werden. Abermals erkennen wir entzweite Menschen. Sie benötigen ein Identifikations- und ein Feindbild, um der Leere, der Unsicherheit und dem Hass ihres entzweiten Selbst zu entkommen. Demgegenüber gibt es Fußballfans, die sich für den Sport und das Spiel begeistern. Sie sind vielleicht traurig, wenn ihr Verein verliert, verspüren aber deswegen keinen Hass auf den Gegner. Die Aufzählung von Beispielen ließe sich an dieser Stelle beliebig ergänzen um religiöse Fanatiker, die andere Religionen verteufeln, jegliche Formen des Rassismus, politische Parteien, die sich gegenseitig bekriegen, Reiche, die Arme verurteilen, und umgekehrt.

Es kommt also wieder darauf an, in welchem Maße die Person von den Grundgefühlen der Liebe und des Hasses dominiert wird. Ein Identifikationsbild in Verbindung mit einem Feindbild appelliert an die Zweiheit im Menschen.

Jedes Mal, wenn ein Mensch jemand anderen verpönt, schlecht behandelt oder unterdrückt, wertet er ihn ab, um sich selbst damit aufzuwerten. Dieses Verhalten ist nicht im Einklang mit der Liebe, die uns gebietet, dem anderen zur Blüte zu verhelfen. Der von der allumfassenden Eigenliebe Umfasste ist sich dessen bewusst, was es bedeutet, Mensch zu sein. Aus diesem Grund fühlt er sich in seinem Dasein mit der ganzen Welt verbunden.

Wir alle verfügen ausnahmslos über ein äußerst wertvolles, hochsensibles und liebenswertes Selbst. Begegnet man ihm in der Kindheit mit Liebe, festigt das die Eigenliebe und damit unsere Liebesfähigkeit. Wird ihm Ablehnung in Form von Egoismus zuteil, entwickelt der Mensch Hass. Dieser Zusammenhang ist allerdings für jemanden nur sehr schwer zu erkennen, der selbst nie Liebe erfahren hat. Radikale Gruppierungen sind Magneten für entzweite Menschen, weil sie ihnen eine Möglichkeit der Identifikation und zugleich ein Ventil für ihren wesensbedingten Hass anbieten. Dieser Umstand wird und wurde immer wieder von intelligenten, aber selbst stark in sich gespaltenen Menschen genutzt, um einen großen Teil des Volkes hinter sich zu sammeln. Durch den persönlichen Machtzuwachs kompensieren sie ihr fehlendes Selbstbewusstsein. Die Menschen des 20. Jahrhundert mussten das sehr schmerzvoll an Führer- und Leitfiguren wie Hitler, Stalin, Mao und anderen Diktatoren erleben", resümiert Dad und greift wieder zum Buch.

Die Unterdrückung der Frauen

„Eine weltweit sehr verbreitete Erscheinungsform der Entzweiung artikuliert sich in der Unterdrückung bzw. Verachtung von Frauen durch Männer. Der Mann, der seine Liebes- und Empathiefähigkeit verloren hat, unterdrückt seinen weiblichen Pol. Der mit der Unterdrückung in ihm entstandene Hass tritt in Erscheinung, wenn er im Alltag mit Frauen und damit mit dem Weiblichen konfrontiert ist.

Seine vermeintliche Selbstsicherheit bezieht er daraus, dass er sich ausschließlich mit seiner männlichen Seite identifiziert und das Weibliche verachtet, das ihm als Projektionsfläche und Ventil für seinen Hass dient. Er ahnt nicht, dass er das Weibliche bekämpft, weil er es in sich selbst unterdrückt. Wahres Selbstbewusstsein könnte er nur durch die Integration seines weiblichen Pols erlangen und damit zu dem werden, was ein Mann sein sollte:

Ein von der Einheit umfasster, liebesfähiger, glücklicher und schöpferischer Mensch, der sein Blühen produktiv in der Welt verwirklicht.

Gänzlich ohne den weiblichen Pol tritt er jedoch als frauenfeindlicher Macho in Erscheinung.
Egomane und Liebender sind die beiden Wesen, die uns die Konsequenzen aus der Abwesenheit bzw. Präsenz des Weiblichen in Bezug auf ihr Wesen, ihre Emotionalität und die daraus erwachsenden Handlungen sehr anschaulich illustrieren. Der Mensch ist umso mehr entzweit und vom Gefühl des Hasses getragen, je mehr ihm der weibliche Pol abhandenkommt. Sein Charakter, sein Stolz und sein Machtstreben werden davon entscheidend beeinflusst.“

Verletzter Stolz

„Der Stolz des Liebenden entspringt seiner allumfassenden Liebe und damit der Kraft seines Herzens. Seine Quelle ist das in der seelischen Unversehrtheit fußende wahre Selbstbewusstsein der Einheit. Aus diesem Grund ist sein Stolz im Gegensatz zu dem der Zweiheit nur schwer verletzbar.“
„Wie bei der Begegnung zwischen dem Samurai und dem Zen-Meister?“, hake ich ein.
„Ja, genau! Für den Zen-Meister ist es einfach“, antwortet Dad, „den Stolz des Samurai zu verletzen. Er dagegen fühlt sich durch dessen Tobsuchtsanfall in keiner Weise angegriffen, sondern reagiert gelassen. Er weiß, dass der andere sein im Selbst wurzelndes Wesen nicht erkennen kann“, bestätigt Dad und fährt fort, aus dem Buch vorzulesen: *„Der Mensch der Zweiheit ist nicht in seinem Selbst zu Hause und damit weder wahrhaft selbstbewusst noch in seinem Wesen autonom. Seinen Selbstwert bezieht er aus seiner Unterwerfung unter die Regeln und Erwartungen der Gruppe, mit der er sich identifiziert und die ihm für sein regelkonformes Verhalten Anerkennung zuteilwerden lässt. Der daraus erwachsende Stolz beruht auf einem verletzten und damit schwachen Selbst. Er nährt sich aus der Identifikation mit den politischen,*

religiösen, ethnischen, familiären etc. Werten einer Gruppierung und der Verachtung derer, die diesen Werten nicht gerecht werden.
Der Stolz der Zweiheit erwächst aus der Entzweiung in Freund und Feind, während der Stolz der Einheit offen, tolerant, friedfertig und voller Mitgefühl in Erscheinung tritt.
Wird der Stolz oder die Ehre des Entzweiten angegriffen, kann er dem nicht gelassen gegenübertreten. Seinen Selbstwert bezieht er nicht aus seinem Selbst, sondern aus den Überzeugungen und Einstellungen der Gruppe, die er stolz vertritt. Durch den Angriff ist er verletzt, weil er sich in den Grundfesten seiner Person infrage gestellt fühlt. Sein wesensbedingter Hass verleiht seiner Verteidigung und den daraus erwachsenden Handlungen mitunter unmenschliche Züge. Erfüllt er die Erwartungen der Gruppe nicht, droht ihm der Ausschluss aus deren Mitte. Er verliert dadurch nicht nur seine Zugehörigkeit, sondern auch seine mühsam aufgebaute Identität. Die damit verbundene Isolation von der Gruppe stürzt ihn in große Verzweiflung.
Selbst wenn der Abkehr von der Gruppe der Gewinn des Selbst und die aus ihm erwachsende innere Sicherheit gegenübersteht, erfordert ein derartiger Schritt großen Mut.
Zwei Männer, die sich gegenseitig zum Duell herausfordern, weil sie sich vom anderen in ihrer Ehre verletzt fühlen, sind dem Stolz der Zweiheit anheimgefallen. Opfer eines Ehrenmordes wird derjenige, der die Regeln und Werte der Gruppe missachtet und damit deren Stolz und Ehre verletzt. Der verletzte Egomane tut möglicherweise seiner Ex-Freundin oder Ex-Frau Gewalt an, stalkt sie und tötet sie im schlimmsten Fall, weil sie ihn schlussendlich wegen seiner Liebesunfähigkeit verlassen und damit seinen Stolz verletzt hat. Eine falsche Bemerkung verletzt den Stolz des brutalen Schlägers, dessen Hass sich zu erbarmungsloser Gewalt entfesselt.“

Das Streben nach Macht

„Persönliche Macht ist für den Entzweiten eine Möglichkeit, seinen mangelnden Selbstwert zu kompensieren. Er wurde in seiner Kindheit selbst Opfer der Macht seiner Eltern, die ihm ihren Egoismus übergestülpt haben. Dieser Macht hat er sein Selbst unterworfen bzw. geopfert, und die erlittene Ohnmacht artikuliert sich nun wiederum in seinem Willen zur Macht. Der Liebende hat dieses Bedürfnis nicht. Er bekommt Macht zugestanden, weil er die Prinzipien der Liebe und der Blüte glaubhaft nach außen vertritt.

Der Entzweite versucht die Gesellschaft zu entzweien, um Identifikations- und Feindbilder zu schaffen und dadurch Macht zu erlangen, die seine einstige Ohnmacht kompensiert. Im Extremfall unterwirft er diejenigen, die sich ihm in den Weg stellen, mit den Mitteln der Einschüchterung oder gar durch die Anwendung von Gewalt. Diktatoren wie Hitler ist es gelungen, das Volk zu spalten. Die angebliche ‚Herrenrasse' der über alles erhabenen Arier, mit denen sich ein Großteil der Deutschen identifizieren konnte, stand den an ihrem bisherigen Schicksal für schuldig befundenen und damit verhassten Juden gegenüber.

Auch fanatische Religionsführer verlangen die bedingungslose und ausschließliche Unterwerfung unter den eigenen Glauben bzw. die propagierte Ideologie und erklären alle, die nicht Folge leisten, zu Feinden.

Dieses Prinzip der Machtgenerierung tritt aktuell in ähnlicher Weise wieder in der Welt in Erscheinung. Es kam in der Menschheitsgeschichte schon unzählige Male zum Tragen und hat am Ende immer tiefes Leid für die Menschheit und für viele *den Tod gebracht. Dauerhafter Erfolg war dieser Form der Machtausübung allerdings noch nie beschieden, weil sie im Kern auf dem der Zweiheit innewohnenden Hass und der ihm entspringenden Destruktion aufbaut.*

Dem gegenüber stehen Menschen wie der Dalai Lama, Nelson Mandela, Mahatma Gandhi oder Erleuchtete wie Jesus Christus oder Buddha. Sie verfügten über Macht, obwohl sie sie nie eingefordert oder Feindbilder

geschaffen haben. Die Macht fiel ihnen zu, weil sie glaubhaft die Prinzipien der Liebe lebten und vertraten.
Im Idealfall spricht eine Gruppe, etwa das Volk in einer Demokratie, demjenigen die Macht zu, von dem es glaubt, er führe die Gesellschaft als Ganzes und damit als Einheit zur Blüte. Allerdings kann sich die Gesellschaft nicht sicher sein, dass er dieser Aufgabe auch gerecht wird und nicht nur egoistisch persönliche Interessen oder Ziele der ihm nahestehenden partikulären Gruppierungen verfolgt. Umso wichtiger ist es also, dass wir die Prinzipien der Demokratie hochhalten, die uns eine wiederkehrende Wahlmöglichkeit garantieren."

Das Korrespondenzprinzip

„Wenn ich dich richtig verstehe", unterbreche ich Dad abermals, „könnte ich aus dem Verhalten der Menschen ersehen, in welchem Maße sie in der Zweiheit oder Einheit beheimatet sind?"
„Die wahren Absichten der Menschen sind oft aufgrund ihrer fehlenden Wahrhaftigkeit schwer zu durchschauen", erwidert Dad. „Das Resultat ihrer Handlungen gibt jedoch meist klar über ihre Geisteshaltung Aufschluss. Der Umstand, dass die Seelenbefindlichkeit immer ihren Ausdruck in der materiellen Welt findet, wird als Korrespondenzprinzip bezeichnet. Das heißt, dass sich immer wieder unsere Gefühle von Hass oder Liebe in der Welt materialisieren, weil sie den Charakter und die Zielsetzung unseres Tuns bestimmen.
Beispielsweise führt uns die Tatsache, dass heute noch immer die Feindbild-Politik angewendet wird, vor Augen, dass nach wie vor viele Menschen in der Zweiheit verhaftet sind. Die täglichen Nachrichten über Gewalt und Destruktion, die der Mensch anderen zuteilwerden lässt, zeigen das Ausmaß des verletzten Selbst und damit des von Hass erfüllten Wesens vieler Menschen", erläutert Dad und senkt seinen Blick wieder auf das Buch, um weiter vorzulesen.

Die Zweiheit – eine Zusammenfassung

„Toleranz wurzelt in Offenheit, Mitgefühl und Vertrauen und damit in den Wesenseigenschaften der Liebe. Die Zweiheit hat meistens den Verlust des weiblichen Pols und damit der mit der Liebe verbundenen Wesensaspekte des Selbst zur Folge. Der Mensch ist dann dem Hass oder der Angst preisgegeben, die ohne Mitgefühl zu Werkzeugen der Destruktion werden. Die Intoleranz und die Negation der Liebe findet im Krieg ihre extremste Manifestation. Er führt zur Vernichtung des Menschen und der von ihm erschaffenen materiellen Welt. Diese extreme Auswirkung der Zweiheit verhindert oder zerstört die vom Menschen geschaffene Blüte des Lebens."

AUF DER SUCHE NACH DEM GLÜCK UND DEM EINS-SEIN

Die Suche nach sich selbst

„Die Sehnsucht des Menschen nach Einheit konfrontiert uns im Alltag, ebenso wie die Zweiheit, mit einer Reihe weiterer interessanter Phänomene.

Jeder Mensch hat diese Einheit einst im Mutterleib kennengelernt. Sie hat ihn auf geradezu himmlische Art und Weise mit all dem versorgt, was für sein Wachstum und für seine Blüte notwendig war. Mit der Geburt erfährt der Mensch seine erste Trennung von der Einheit. Dauerhaftes Glück kann er ab jetzt nur erfahren, wenn er die Einheit auf der seelischen Ebene wiedererlangt, indem er zu seinem Selbst zurückkehrt. Sie stattet ihn mit Geborgenheit, Liebesfähigkeit, Freude und Urvertrauen ins Leben aus.

Viele Menschen sind mit ihrem Leben unzufrieden und suchen nach Zufriedenheit, Glück, Sinn, Wahrheit und Liebe. Sie wollen nicht länger das Leiden hinnehmen, das ihnen die Entzweiung ihres Selbst beschert.

Ihre Suche gilt unabhängig davon, ob sie sich dessen bewusst sind oder nicht, der Einheit und damit ihrem eigenen von der Liebe allumfassten Selbst, das all das bereithält, wonach sie sich sehnen.

Der liebende Held als Idealbild der Einheit

„Dem liebenden Helden begegnen wir meist nicht persönlich in unserem Alltag, sondern eher in Erzählungen, Büchern oder Filmen. Er mobilisiert in ausweglos erscheinenden Situationen außergewöhnliche Kräfte und Fähigkeiten, um diese ins Gute zu wenden. Anstatt zu verzweifeln, tritt er den Herausforderungen mit äußerster Entschlossenheit entgegen und meistert die Schwierigkeiten durch seine Intuition und den Glauben an sich und seine Mission.
Der Held, der Gutes bewirkt, verkörpert die Einheit in einer idealen Art und Weise. Das der Einheit innewohnende Urvertrauen bewahrt ihn vor der Verzweiflung und hilft ihm, seine Aufgabe intuitiv und allen Widrigkeiten zum Trotz zu lösen. Menschen sind begeistert und fasziniert von ihm, weil er an ihre eigene Einheit appelliert, die sie vergessen und verdrängt haben und die sich in diesen Augenblicken wieder in ihrem Inneren rührt.“

Die Rebellion der Jugend

„Mit der Entwicklung vom Kind zum Jugendlichen wird der Mensch geistig und materiell unabhängiger von den Eltern. Viele Jugendliche rebellieren dann gegen das Elternhaus und versuchen auszubrechen, weil sie der manipulativen Liebe oder der Unterdrückung ihres Selbst entkommen wollen. Der Jugendliche will nicht länger den Erwartungen der Eltern entsprechen und sich deren Erziehungsmethoden unterwerfen, mittels derer sie sein Wesen durch Zugeständnis oder Entzug der Aufmerksamkeit, durch Manipulation oder gar Gewalt formen.
Seine Loslösung ist ein Schritt in Richtung Eigenliebe und damit in Richtung Einheit, weil er sein Selbst höher stellt als die Erwartungen der

Eltern. Ob ihm allerdings auf dem Weg zu seinem Selbst Erfolg beschieden ist oder nicht, hängt von vielschichtigen Umständen ab.
Oft stößt diese Rebellion bei den Eltern auf völliges Unverständnis. Sie sind davon überzeugt, in Liebe gehandelt zu haben, weil sie aus ihrer Sicht das Beste für das Kind gewollt haben. Dabei haben sie nicht bemerkt, dass sie anstatt Liebe Egoismus haben walten lassen. Manchmal führt die Auseinandersetzung aufseiten der Eltern zu einem inneren Entwicklungsprozess, in dem sie erkennen, dass sie ihr Kind lieben, egal ob es ihre Erwartungen erfüllt oder nicht. In diesem Sinne vollziehen sie dann einen wahren Schritt in Richtung Liebe.
Findet dieser Entwicklungsprozess nicht statt, bleibt die Eltern-Kind-Beziehung oft dauerhaft gestört, da das Fundament der Liebe als Grundlage einer zwischenmenschlichen Beziehung beschädigt ist.“

Drogen – die Sehnsucht nach Einheit

„Drogen wie Alkohol, Kokain, Haschisch etc. versetzen den Menschen für die Dauer des Rausches in einen sorgenfreien, glücklichen Seinszustand. Heroin, benannt nach dem englischen Wort ‚Hero‘ für Held, vermittelt dem Menschen für eine begrenzte Zeit das Gefühl, die unangenehmen Empfindungen des Getrenntseins und der Verzweiflung hinter sich zu lassen und sich als Held zu erleben.
Der durch die Droge herbeigeführte emotionale Zustand des Menschen ist dem der Einheit im Hinblick auf das verspürte Selbst- und Urvertrauen ähnlich. Der Mensch fühlt sich jenseits aller Sorgen und Zweifel geborgen. Allerdings wird das Gefühl der Einheit nicht durch die umfassende Eigenliebe, sondern künstlich mittels biochemisch wirkender Substanzen herbeigeführt. Und es verschwindet wieder, wenn sich ihre Wirkung verflüchtigt. Im nüchternen Zustand beginnt der Mensch dieses Gefühl zu vermissen. Er weiß nicht, dass und wie er es ohne Drogen dauerhaft herbeiführen könnte. Das psychologische Abhängigkeitspotenzial der Droge liegt in der Sehnsucht nach dem erlebten Gefühl der Einheit. Hierbei sind ins-

besondere die Menschen gefährdet, bei denen die Diskrepanz zwischen der tatsächlich im nüchternen Wachzustand empfundenen Lebensrealität der Zweiheit und der im Rauschzustand empfundenen Einheit groß ist. Drogen erlauben es, die Einheit zu erleben, ohne dass der Mensch vorher den Weg der liebenden Integration des eigenen Selbst beschritten und dadurch seine Eigenliebe zum Ausdruck gebracht hat. Vielmehr artikuliert sich in der Drogensucht seine mangelnde Liebesfähigkeit. Das der Abwesenheit der Liebe innewohnende destruktive Potenzial zeigt sich darin, dass die dauerhafte Abhängigkeit und Sucht zur Zerstörung des eigenen Körpers führt.“

Die Sehnsucht nach der großen Liebe

„Die meisten Menschen haben die Sehnsucht nach der großen Liebe, die sich möglichst in einer dauerhaft glücklichen Beziehung mit dem Traumpartner erfüllen soll. Wenn sich beide im Alltag das Wesen der Liebe uneingeschränkt zuteilwerden lassen und einander aus tiefstem Herzen bejahen sowie sich in der Blüte gegenseitig unterstützen, kann die Liebe ihnen dauerhaft dieses ersehnte Glück spenden. Die Einheit mit dem Selbst und die damit verbundene uneingeschränkte Liebesfähigkeit ist allerdings die Voraussetzung für die Verwirklichung dieses Liebesglücks. Die Beziehung wird dann als Einheit erlebt im Sinne von: Wir bleiben zwei, um eins sein zu können.
In der Sehnsucht nach der großen Liebe drückt sich der Herzenswunsch nach Einheit aus. Diesen wird der Mensch in sich verspüren, solange er noch in Kontakt mit seinem Selbst steht.“

Sexualität

„Im sexuellen Akt geschieht die Verschmelzung von Mann und Frau zu einer körperlichen Einheit. In der sexuellen Begierde drückt sich das menschliche Verlangen aus, mit dem anderen körperlich eins zu werden. Der Orgasmus erlaubt es ihm, für einen Moment alle *Gedanken, alle*

Sorgen und Zweifel hinter sich zu lassen. Er überwindet für die Dauer des Höhepunkts seine Zweiheit und taucht in die Einheit ein. In dem Augenblick, in dem der Samen des Mannes mit der weiblichen Eizelle zur Einheit verschmilzt, entsteht neues Leben. Die Sexualität offenbart also in mehrfacher Hinsicht die Sehnsucht und den Wunsch nach Einheit. Die Sexualität ist Schöpferin des Lebens. Aus ihr heraus erschafft sich die Natur fortwährend aus Neue. Sie ist die machtvollste Manifestation der Einheit. Die Art und Weise, wie der Mensch sie auslebt und darüber sein Bedürfnis nach orgiastischer Befriedigung stillt, hängt wiederum in entscheidendem Maße davon ab, von welchem der beiden Grundgefühle Liebe und Hass er durchdrungen ist.

Zwei durch die Liebe getragene Menschen fühlen sich gegenseitig sexuell verstanden und gesehen. Sie feiern und genießen den Liebesakt, indem sie sich einander hingeben und in gemeinsamer Ekstase miteinander verschmelzen.

Je weniger beide von der Liebe umfangen sind, umso weniger Aufmerksamkeit und Hingabe werden sie einander entgegenbringen, sondern egoistisch ihre persönliche Triebbefriedigung in den Vordergrund stellen. Im schlimmsten Falle tun sie dies unter Zuhilfenahme von Gewalt und gegen den Willen des anderen."

Die Einheit – eine Zusammenfassung

„Die meisten Menschen sehnen sich danach, glücklich und in Frieden und Harmonie mit sich selbst und ihren Mitmenschen in unserer Welt zu leben. Nur wenn wir die Einheit mit unserem Selbst erlangen und damit die Liebe in unserem Alltag verwirklichen, können wir *das Glücksversprechen des Mensch-Seins einlösen.*

Die Ursache für das Getrenntsein von der allumfassenden Liebe und die damit verbundene Zweiheit liegt darin, dass der Mensch sich selbst nicht genügend Liebe zuteilwerden lässt."

SINNFRAGEN DES LEBENS

„Mit unseren Betrachtungen der Liebe und dem daraus abgeleiteten Verständnis von Einheit und Zweiheit“, kommentiert Dad von dem Buch aufblickend, „lassen sich aber nicht nur Erklärungen für gesellschaftliche Phänomene finden, sondern es ergeben sich daraus auch spezifische und ungewöhnliche Antworten auf philosophische Grundfragen wie: Was ist gut und was ist böse? Was ist Freiheit? Was ist der Sinn des Lebens?“
„Das sind fundamentale Fragestellungen, und ich bin auf deine Erklärungsversuche aus dem Blickwinkel der Liebe gespannt“, erwidere ich neugierig, und Dad liest weiter vor.

Gut und Böse

„Wir neigen dazu, die Welt in Gut und Böse einzuteilen und sie dadurch entzwei zu teilen. Während wir das vermeintlich Böse verurteilen, bejahen wir das vermeintlich Gute. Allerdings ist nicht alles, was wir gemeinhin als gut erachten, wirklich gut, und auch nicht alles, was wir für böse halten, wirklich böse.
Dies lässt sich am deutlichsten bei der Zweiteilung der Welt in ein Identifikationsbild und ein Feindbild ablesen. Selbstredend spiegelt das Identifikationsbild das Gute und das Feindbild das Böse wider, wobei wir letzteres für die bestehenden Probleme verantwortlich machen. Wir bekämpfen es, weil wir uns davon die Erlösung von dem Bösen und die Bestätigung des Guten erhoffen. Tatsache ist jedoch, dass dieser Kampf, der schon tausendfach in der Geschichte geführt wurde, es noch nie vermocht hat, das Böse aus der Welt zu verbannen. Im Gegenteil hat oft gerade dieser Kampf erst das Böse hervorgebracht, weil wir versucht haben, das durch unseren wesensbedingten Hass geschaffene Feindbild mit allen probaten Mitteln, einschließlich der Gewalt, zu eliminieren.“

„Liebe ist gut, Egoismus ist böse, würde ich nach dem heutigen Tag meinen", unterbreche ich Dads Redefluss.
„Geduld", erwidert Dad und blickt mich dabei grinsend an. *„Während die Liebe und das allumfassende Mitgefühl das Gute verkörpern und bewirken, schafft der Egoismus, dem das Mitgefühl abhandengekommen ist, das Böse. Auf der emotionalen Ebene stehen sich die Liebe und der Hass gegenüber. Seine Quelle sind die von unserem Selbst abgespaltenen Bestandteile.*
Wenn wir also in irgendeiner Weise das Böse lokalisieren wollen, dann ist dies in den verdrängten und uns nicht bewussten Teilen unseres ungeliebten Selbst zu finden. Die dadurch manifestierte Zweiheit hält uns von der wahren Liebe und damit von der Einheit fern. Die Liebe, die unserem Selbst und den Beziehungen zu unseren Mitmenschen Blüte verleiht, ist der Inbegriff des Guten. Seine Verwirklichung setzt aber die Einheit voraus, bei der wir die abgespaltenen Wesenseigenschaften unseres Selbst wieder in unser Bewusstsein integriert haben. Im übertragenen Sinne bedeutet dies, dass wir sie vom Dunklen und damit aus unserem Schatten ins Licht geführt haben."

Freiheit

„Diese Betrachtungsweise in Bezug auf die Einheit und die Zweiheit liefert auch Antworten auf die Frage, inwiefern der Mensch frei ist.
In der Einheit ist der Mensch frei von nicht zum Selbst gehörenden Wesenseigenschaften. Damit ist er im Inneren autonom und frei, weil er sein Verhalten nicht an den Erwartungen der anderen orientieren und nicht durch deren Zuspruch seinen mangelnden Selbstwert kompensieren muss. Er verfügt über die Freiheit, das eigene Selbst und damit sein Leben im Sinne der Blüte zu verwirklichen. Das der Eigenliebe innewohnende Vertrauen hilft ihm, diesen Weg zu beschreiten.
Gleichzeitig ist er aber in seinem Handeln an das Wesen der Liebe gebunden. In diesem Sinne ist er also unfrei, weil die Liebe es ihm nicht

gestattet, egoistisch zu handeln. Der Liebende wird diese Unfreiheit allerdings nicht als solche empfinden, sondern die Liebe als eine ihm das Glück ermöglichende Freiheit erfahren.
In der Zweiheit ist der Mensch entweder unsicher oder von wesensbedingtem Hass erfüllt. Seine Trennung vom Selbst nimmt ihm die Möglichkeit und die Freiheit der Verwirklichung seines Selbst. Damit verhindert er auch seine wahre Selbstverwirklichung, durch die ihm Zufriedenheit und Glück zuteilwerden würde.
Hingegen besitzt er die Freiheit, nach Belieben gegen das Wesen der Liebe zu verstoßen und sein Ego und seinen Egoismus auszuleben. Er hat weder die Gesetzmäßigkeiten der Liebe ergründet noch wahre Liebe jemals erfahren. Er ist im Gegensatz zum Liebenden frei, andere Menschen zu verletzen, auszubeuten oder gar zu töten und dadurch seine persönliche Vorstellung von Glück zu verwirklichen. Das wahre Glück, das die Verwirklichung des liebenden Selbst in Form von tiefer innerer Zufriedenheit und dem damit verbundenen inneren Frieden schenkt, bleibt ihm allerdings verwehrt.
Hier zeigt sich wieder die paradoxe Natur der Liebe.

Die Liebe macht uns frei, weil sie uns bindet."

„Das erinnert mich an das Buddha-Paradoxon, als Buddha an seine Anhänger appelliert, einen wie ihn zu töten", merke ich an. „Er appelliert da an das Böse bzw. an die Freiheit, alles tun zu können, weil er weiß, dass sich das Böse nicht mehr manifestieren kann, sobald seine Schüler durch die in ihnen verwirklichte Eigenliebe fähig sind, einen Buddha als solchen zu erkennen."
„Genau das ist der Punkt. Sehr gut kombiniert", lobt mich mein Vater. „Und das führt uns zu der Frage nach dem Sinn des Lebens."

Sinn des Lebens

„Der Sinn des Lebens ist zu blühen

und der Liebe durch die Einheit mit dem eigenen Selbst in unserem alltäglichen Handeln Ausdruck zu verleihen. Je mehr wir die Liebe teilen und andere in ihrer Blüte unterstützen, umso stärker tritt sie in Erscheinung. Jeder Augenblick wird dadurch zu einem glücklichen und intensiven Bestandteil unseres Lebens, durch den wir uns jedes Mal aufs Neue mit der Schönheit der Welt verbinden.
Die Einheit ist das Leben jenseits des Zweifels und des Leidens. Sie will uns Menschen blühend sehen. Ebenso wie die Blumen keinen anderen Zweck erfüllen als zu blühen, soll der Mensch blühen und das der Blüte innewohnende Glück täglich im Leben versprühen."

Der Himmel auf Erden

„Würden alle Menschen zur Einheit und damit zur Liebe finden, wäre das Handeln der Menschen vom Wesen der Liebe erfüllt und damit friedvoll und tolerant. Alle führten dann ein glücklicheres und zufriedeneres Leben, ohne Hass und Gewalt."

„Wir hätten dann den Himmel auf Erden", rufe ich entzückt aus.
„Ja, so ist es. Jeder von uns trägt durch sein Selbst eine Buddha- oder Jesus-Natur in sich", erläutert Dad. „Sie tritt in Erscheinung, wenn wir in der uneingeschränkten Liebe zum Selbst aufgegangen sind. Wir sind dann in der Lage zu erkennen, dass die uns umgebende Natur ihre Wunder jeden Tag aus Neue vor uns ausbreitet. Erst durch das bewusste Wahrnehmen dieser Liebe fühlen wir uns mit der Welt zu einer spirituellen Einheit verschmolzen."

„Die Liebe erscheint da fast als etwas Göttliches, oder?, schießt es fragend aus mir heraus, und ich blicke Dad fest in die Augen.
„Ich persönlich empfinde das tatsächlich so“, antwortet Dad sanft. „Diese universelle Liebe, die ich in Momenten des Eins-Seins mit der Welt spüre, ist für mich Gott bzw. Ausdruck des Göttlichen, und die gesamte Schöpfung ist Ausdruck dieser Liebe. Gleichzeitig verbirgt sich in dieser Liebe ein universelles Heilsversprechen, weil sie jedem Menschen geschenkt und für immer in unserem Selbst verankert wurde. In ihr liegt das Glücksversprechen unseres Lebens. Unsere Aufgabe besteht darin, diese Liebe in unserem Leben lebendig werden zu lassen und ihr Ausdruck zu verleihen. Auch falls wir sie verloren haben sollten, gibt sie uns trotzdem das Versprechen, jederzeit zu ihr zurückkehren zu können. Sie verzeiht uns unsere Fehler und das durch unseren Egoismus verursachte Leid und schließt uns in ihre Arme, wenn wir uns ihr öffnen. So verstehe ich für mich auch Jesus Christus und seine Lehre, in deren Zentrum die Liebe steht. Den Buddhismus verstehe ich in ganz ähnlicher Weise, weil ich die Erleuchtung als Eintauchen in diese Liebe und die mit ihr verbundene spirituelle Einheit begreife.“

WEGE ZUM GLÜCK

Staunend habe ich Dad während der letzten Stunden zugehört. „Mir haben sich gerade eine Vielzahl von Antworten auf Fragen erschlossen, die ich mir eigentlich noch gar nie gestellt hatte“, sage ich zu Paps und grinse ihn an.
„Und wie wirkt das auf dich?“, will er wissen.
„Sehr erhellend, würde ich sagen. Zumindest habe ich das Gefühl, von der Welt weitaus mehr zu verstehen als noch gestern. Aber ich muss erst einmal darüber schlafen und das Ganze sich setzen lassen.

Die Frage, die mich aber noch brennend interessiert lautet: Wie kann der Mensch zur Einheit und Liebe finden?
Ich habe verstanden, dass der Mensch im ersten Schritt Verantwortung für sein Glücklich-Sein übernehmen muss. Aber woher weiß ich denn, in welche Richtung ich mich bewegen soll, um das Glück zu finden?“, frage ich.
„Viele Menschen haben sich mit ihrem Unglücklich-Sein abgefunden“, antwortet Dad. „Sie haben resigniert, weil sie nicht erkennen können, dass das Leben auch für ihr Dasein das Glücklich-Sein bereithält. Aber selbst wenn sie sich auf die Suche nach dem Glück machen, stellt sich die Frage, wo es zu finden ist. Diesbezüglich hält das Leben eine Vielzahl von Missverständnissen und Irrwegen bereit, über die wir auch schon gesprochen haben. Für die meisten Menschen ist materieller Reichtum gleichbedeutend mit Glück. Andere glauben, ihr Glück in der Ausübung von Macht, im Glücksspiel, Drogen oder anderen Formen der Sucht zu finden. Die Sucht zerstört den Menschen über kurz oder lang. Reichtum ist sicherlich angenehm und erstrebenswert, aber es ist stark zu bezweifeln, ob allein daraus ein dauerhaftes Glücklich-Sein erwachsen kann. Nur die Einheit mit dem eigenen Selbst garantiert wahres Glück. Diese Quelle liegt in uns und ist von äußeren Umständen unabhängig. Ihre Verheißung lässt sich nur mit dem Herzen erkennen. Sich dessen bewusst zu werden, ist die erste Herausforderung auf dem Weg zum Glück.
Die zweite ist, den Weg zu finden, auf dem wir das Selbst lieben lernen und alles ihm Wesensfremde abstreifen. Es erfordert Mut, seiner inneren Stimme zu folgen und alle Erwartungen, die unser Ego an uns hat und auch andere an uns haben, der Blüte des eigenen Selbst unterzuordnen.“
„Und wie erkennt man, was zum Selbst gehört und was nicht?“, hake ich nach.
Im ersten Schritt sollten wir uns selbst offen und ehrlich gegenübertreten. Wir sollten versuchen, unsere innere Stimme zu vernehmen,

indem wir mit unserem Herzen fühlen. Je mehr wir unserem Selbst wahrhaftig in unserem Leben Ausdruck verleihen, umso stärker werden unser Mitgefühl und das Urvertrauen in unsere innere Mitte wachsen. Mittels unserer Intuition lernen wir zu verstehen, wann Ängste unser Selbst blockieren. Sie hilft uns, zwischen ureigenen Bedürfnissen und den von uns verinnerlichten, aber nicht zu uns gehörenden Erwartungen der anderen zu unterscheiden. Das Vertrauen und die wachsende Liebe zu unserem Selbst geben uns die Kraft, die unsere Entwicklung hemmenden Einflüsse zu überwinden. Indem wir unserer Neugierde, Spontaneität und Fantasie Ausdruck verleihen, verankern wir sie mittels der durch sie erlebten Freude auf ein Neues in unserem Selbst. Je mehr es uns gelingt, den Reichtum unserer Emotionen im Sinne des Selbst zu entfalten, umso mehr werden sie dem Selbst den Weg im alltäglichen Leben bahnen."

„Ganz schön viel auf einmal, meinst du nicht?", stelle ich fest.

„Ja, es ist wahrscheinlich nicht möglich, alles sofort und auf einmal umzusetzen. Es braucht Zeit, Geduld und den Herzenswunsch, der einem auf diesem Weg die Kraft, den Mut und die Zuversicht verleiht", entgegnet Paps. „Der nächste Schritt ist dann, sich dessen bewusst zu werden, was und was nicht zu einem selbst gehört. Darauf folgt die Arbeit, die uns von der Einheit fernhaltenden Ängste und Verhaltensmuster zu überwinden. Wir haben sie über Jahre und Jahrzehnte verinnerlicht, und sie lassen sich meist nicht mal eben von heute auf morgen ändern. Es braucht meist eine Vielzahl von Anläufen, um mittels der Intuition die Situationen frühzeitig zu erkennen, in denen wir in althergebrachte Muster zurückzufallen drohen. Gleichzeitig gilt es das dem Selbst entsprechende Verhalten zu entdecken und eins mit ihm zu werden. Gelingt uns das, haben wir das abgestreift und hinter uns gelassen, was nicht zu unserer Urnatur gehört."

„Das klingt nach einem ausgiebigen Training", folgere ich.

„Ja, es bedeutet Arbeit an sich selbst und dem eigenen Bewusstsein“, bestätigt Dad.

„Bei dem Samurai-Krieger vollzog sich der Wandel allerdings in Sekundenbruchteilen“, gebe ich zu bedenken.

„Die Einsicht in die Existenz und Bedeutung der Liebe vollzog sich bei ihm von einem Augenblick auf den anderen. Ob er dadurch auch unmittelbar fähig war, die Liebe in allen Belangen seines Alltags zu verwirklichen, haben wir nicht erfahren. Der Weg, zur Einheit mit dem Selbst zurückzukehren, ist für jeden Menschen so individuell, wie sein Wesen einzigartig ist.“

„Aus den 7,6 Billionen Möglichkeiten, vom Selbst abzuweichen, ergeben sich dann also mindestens dieselbe Anzahl an Wegen?“, frage ich nach.

„So kann man es sehen“, bemerkt Dad. „Jeder Mensch hat eine andere Kombination an verlorenen Eigenschaften des Selbst. Diese gilt es wieder in seinem Wesen liebend willkommen zu heißen. Die Sprache seines Herzens zu verstehen ist der beste Kompass, um den Weg zu finden und zu gehen. Die Beschaffenheit des Weges und die für sein Beschreiten notwendige Zeit ist sehr individueller Natur. Die Dauer steht dabei nicht in dem gewohnten linearen Zusammenhang mit der Entfernung. Nur weil das Ziel weiter entfernt erscheint, bedeutet es nicht, dass es länger dauert, dort anzukommen. Manchmal erreicht man die Einheit sogar schneller, weil man sich von ihr so weit entfernt fühlt und deshalb der Leidensdruck und damit die Dringlichkeit anzukommen höher ist.“

„Und was kann uns alles noch als Kompass und Wegweiser auf dem Weg dienen?“, will ich wissen.

„Der wesensbedingte Hass, den wir in uns tragen, ist beispielsweise ein solcher Wegweiser. Er zeigt uns, was wir unterdrücken, und weist uns damit auf das hin, was es zu lieben gilt.

Gute Freunde und Beziehungspartner können ein Kompass sein. Leben sie den einen oder anderen Aspekt des Selbst frei in sich aus, können wir uns darin spiegeln. Lassen wir uns von der Faszination und Begeisterung für diesen Wesenszug leiten und nicht von der destruktiven Eifersucht, die ihn am anderen unterdrücken will, dann können wir an diesen Menschen innerlich wachsen. Durch die Bejahung unserer Freunde und Partner genesen wir an ihrer Liebe und werden selbst zu Liebenden. Menschen, die kein Interesse an unserem Wachstum haben oder gar versuchen, uns davon fernzuhalten, sollten wir deshalb konsequent aus unserem Leben verbannen. Je weniger wir uns etwas vormachen und je mehr wir bereit sind, uns die Kluft zwischen dem eigenen Wesen und unserem Selbst einzugestehen, umso schneller können wir zum Ziel gelangen. Diese ungeschminkte Sicht auf das eigene Wesen verlangt, das eigene Ego aufzugeben, das uns ständig Größe und Stärke vorgaukelt und uns beschwichtigend einredet, alles sei in Ordnung. Mit ihm geben wir auch den Egoismus gegenüber anderen Menschen auf, was uns wiederum zu Liebenden werden lässt.

Auch ein Lehrer, ein Coach, eine Therapeutin oder ein Meister kann ein hilfreicher Begleiter auf dem Weg zum Selbst sein und damit als Geburtshelfer für dessen Wiedergeburt dienen. So jemand kann uns auf dem Weg unterstützen und uns ein Stück des Weges begleiten, gehen müssen wir den Weg jedoch selbst."

„So wie der Zen-Meister, der den Samurai erhellt hat", bemerke ich.

„Leider gibt es immer noch zu wenige wahre Meister, obwohl in jedem von uns einer steckt", erwidert Dad. „Therapien, wie beispielsweise die Psychoanalyse, können helfen, die Zusammenhänge aus der eigenen Kindheit zu erkennen. Mit dem Bewusstsein darüber kann es unter Umständen einfacher werden, den Weg zum eigenen Selbst zu finden.

Der eigene Körper ist ebenfalls ein wichtiger Hinweisgeber. Geist und Körper des Menschen formen eine Einheit. Integrieren wir die verdrängten und verlorenen Wesensaspekte des Selbst nicht, können sie irgendwann in Form von Krankheiten in unserem Leben in Erscheinung treten. Interessanterweise fragt ein Arzt uns ja danach, was uns fehlt, und nicht nach dem, was wir haben. Wir sind unter anderem deshalb krank, weil uns ein Teil unseres Selbst im Alltag fehlt. Verstehen wir unsere Krankheit auf dieser übergeordneten Ebene, kann sie uns als Wegweiser zu unserem Selbst und damit zum Glück dienen.

Darüber hinaus sind Meditation und die Reflexion des Erlebten, unserer Gefühle und unserer Träume sehr hilfreiche Werkzeuge, um unser innerstes Wesen und damit die Beschaffenheit unseres Selbst zu erkennen. Es gibt also eine Vielzahl von Orientierungsmöglichkeiten, die uns alle den Weg zu unserem Selbst und damit zur Liebe weisen können. Sollte sich ein Weg als Sackgasse entpuppen, wird auch dieser Umstand zu unserer Bewusstwerdung beitragen und damit ein Abschnitt auf unserem Weg sein. Den Weg muss allerdings jeder alleine für sich finden und beschreiten.

In diesem Sinne ist das biblische Zitat sehr treffend: ‘Suchet, so werdet ihr finden; klopfet an, so wird euch aufgetan.‘ Es appelliert an das Vertrauen in das Leben, das wir auf der Suche entwickeln müssen. In diesem Sinne ist der Glaube an die Liebe und daran, durch sie zur Einheit und damit zum Glück zu gelangen, eine zentrale Voraussetzung dafür, den Weg bis ins Ziel beschreiten zu können“, schließt Dad seine Ausführungen ab.

EPILOG: EIN NEUER TAG

„Happy Birthday nachträglich!", höre ich Mums freudige Stimme von der anderen Seite der Terrasse her.
„Hi Mum, schön dich zu sehen", erwidere ich erfreut.
In unser Gespräch vertieft, haben wir gar nicht bemerkt, dass Mutter auf die Terrasse gekommen ist. Ich springe auf, und wir umarmen uns lang und herzlich.
„Ich habe nicht damit gerechnet, euch noch wach vorzufinden", erklärt sie. „Aber ihr seht auch aus, als ob ihr ebenso wie ich eine Portion Schlaf gebrauchen könnt."
„Allerdings! Wie spät ist es denn eigentlich?", frage ich.
„Ungefähr fünf Uhr morgens", antwortet Mum.
„Dann sollten wir mal schleunigst ins Bett", folgert Dad lachend.
„Und wenn wir alle ausgeschlafen haben, feiern wir deinen Geburtstag nach", versichert Mum.
„Sehr gute Idee, Mum", entgegne ich. „Dad, eine letzte Frage noch: Kannst du mir das Buch für ein paar Tage leihen?"
„Ich schenke es dir", sagt er und überreicht es mir. Ich nehme es entgegen und presse es mit beiden Armen fest umschlossen an meine Brust.
„Wer hat das Buch eigentlich geschrieben? Du vielleicht?", will ich von ihm wissen und schaue ihm dabei fragend in die Augen.
„Die Liebe und die Hingabe an das Leben", erklärt Dad und grinst mich dabei schelmisch an.
Ich drücke beiden einen dicken Kuss auf die Wange und verabschiede mich: „Lass uns morgen darüber sprechen. Ich gehe jetzt ins Bett. Gute Nacht und schlaft gut."

Während ich die Treppe ins obere Geschoss hinaufgehe, fällt mein Blick auf die Weiten des Ozeans. Am Horizont taucht gerade die Sonne aus der Tiefe des Meeres auf. Ein neuer Tag bricht an, und die Oberfläche des Wassers glitzert wie Abermillionen Diamanten im Streif des Morgenlichts. Der Anblick versprüht ein unvorstellbares Glücksgefühl in mir, das mich die Stufen mühelos hinaufschweben lässt.

ENDE

DANK

An erster Stelle möchte ich Stella danken, die von Anfang an mein Buchprojekt geglaubt und mich all die Jahre auf dem Weg vom Schreiben hin zu dieser Veröffentlichung immer zu hundert Prozent unterstützt hat. Das war mega!
Mein Dank gilt auch meinen ersten Testlesern aus 2012 für ihren wertvollen Input, insbesondere Marina für die intensive und sehr gewissenhafte Durcharbeitung im Hinblick auf Fehler der Orthografie, Grammatik und Zeichensetzung.
Nach einer langen Pause, in der Stella und ich eine Familie gegründet haben, unseren wunderbaren Sohn Eric bekommen haben, zweimal ein Haus als Familiennest gebaut und jede Menge berufliche Herausforderungen erfolgreich gemeistert haben, bin ich dann Anfang 2024 noch einmal dieses Buchprojekt angegangen, das allerwichtigste Herzensprojekt meines Lebens.
Dank vieler wertvoller und inspirierender Begleiter auf diesem Weg zur Veröffentlichung habe ich eine steile und sehr spannende Lernkurve im Thema des Buch- und Selbstmarketings erfahren.
Ganz besonders danken möchte ich meiner Lektorin Susanne Klein, die mit ihrem Fokus auf spirituelle Bücher für mich zu einer Mentorin für das Projekt wurde und mir auf dem Weg zur Veröffentlichung immer mit sehr wertvollem Rat und Tat zur Seite stand. Liebe Susanne, ganz herzlichen Dank an Dich!
Ebenso hatte ich einen inspirierenden Workshop mit Jutta Echterhoff von „Kolibri Communications“, bei dem der „Glücksphysiker“ geboren wurde. Er ist so naheliegend, aber ich hatte ihn nicht gesehen. Vielen Dank an Dich, liebe Jutta.
Herzlichen Dank auch an Daniel Scheffer und Henri Haase, die mich tatkräftig bei der amazon-Vermarktung unterstützt haben und mich immer wieder in Bezug auf Titel, Untertitel und Klappentext gefordert haben. Ebenso an Tanja Rörsch von der Agentur „Main

Wunder", für die tolle Unterstützung und die hingebungsvolle Vermarktung des Buches.
In der intensiven Vorbereitungsphase der Veröffentlichung standen mir viele meiner Freund*Innen als Testleser, Kritiker und Diskussionspartner intensiv zur Seite. Herzlichen Dank an Euch alle. Ihr habt mir sehr dabei weitergeholfen, das Buch insbesondere in der Außenwahrnehmung viel klarer zu sehen. Großen Dank an meinen Freund Christopher, mit dem ich eine Woche lang bei Regen in Südfrankreich intensiv Klappentexte und Titelvarianten entworfen und diskutiert habe, um dann auf der Rückfahrt nach München die Idee für den finalen Titel zu gebären.
Ebenso möchte ich mich bei Torben Platzer und Felix Wunnicke und ihrem Team von „TPA Media" für die tiefen Einblicke in die Funktionsweise der Social-Media-Welt bedanken, von der ich bis Ende 2023 noch keine Ahnung hatte, sowie für die Unterstützung beim Aufbau meiner eigenen Kanäle.

Printed in Poland
by Amazon Fulfillment
Poland Sp. z o.o., Wrocław

42464895R00107